हठयोग - सभी के लिए

"मनुष्य को अपना उद्धार अपने द्वारा ही करना चाहिए, अपने को नीचे गिराना नहीं चाहिए. यह आत्मा ही हमारा मित्र है. यह आत्मा ही हमारा शत्रु है."

— श्रीमद्भगवद्गीता

हठयोग - सभी के लिए

लेखिका

राजेश्वरी रमन

मोतीलाल बनारसीदास

दिल्ली, मुम्बई, चेन्नई, कोलकाता, बंगलौर,
वाराणसी, पुणे, पटना

प्रथम संस्करण: दिल्ली, २००९

ISBN: 978-81-208-3353-1

मोतीलाल बनारसीदास
४१ यू०ए० बंगलो रोड, जवाहर नगर, दिल्ली ११० ००७
८ महालक्ष्मी चैम्बर, २२ भुलाभाई देसाई रोड, मुम्बई ४०० ०२६
२३६ नाइंथ मेन III ब्लाक, जयनगर, बंगलौर ५६० ०११
सनाज प्लाजा, १३०२ बाजीराव रोड, पुणे ४११ ००२
२०३ रायपेट्टा हाई रोड, मैलापुर, चेन्नई ६०० ००४
८ केमेक स्ट्रीट, कोलकाता ७०० ०१७
अशोक राजपथ, पटना ८०० ००४
चौक, वाराणसी २२१ ००१

नरेन्द्रप्रकाश जैन, मोतीलाल बनारसीदास, बंगलो रोड, दिल्ली ११० ००७
द्वारा प्रकाशित तथा जैनेन्द्रप्रकाश जैन, श्री जैनेन्द्र प्रेस,
ए-४५ नारायणा, फेज-१, नई दिल्ली ११० ०२८ द्वारा मुद्रित

समर्पण

अपने गुरु, मित्र, पथप्रदर्शक एवं पति.....

प्रिय वी.वी. रमन को

अनुक्रमणिका

द्वितीय संस्करण की भूमिका

किन्ही अपरिहार्य कारणों से यह द्वितीय संस्करण पहिले नहीं छापा जा सका, यद्यपि इसके लिए निरन्तर मांग हो रही थी.

मैं मोतीलाल बनारसीदास पब्लिशर्स प्रा.लि. की हृदय से आभारी हूँ जिन्होंने इतने आकर्षक रुप में इसे प्रकाशित किया.

राजेश्वरी रमन

प्रथम संस्करण की भूमिका

सामान्य गृहणियों के लिए योग पर एक आदर्श पुस्तक प्रकाशित करने का विचार मेरी पुत्री गायत्री देवी रमन का था. जब वह इस पुस्तक के प्रकाशन की योजना बनाने लगी, तब मैंने भी इसमें रुचि लेनी शुरु कर दी. शुरु में मुझे थोड़ी झिझक अनुभव हो रही थी, परन्तु योग की निष्ठावान अनुगामिनी होने के कारण मैं झुक गई और मेरी बेटी की विजय हुई.

इस प्रकार की पुस्तक में कुछ बातों का पुनरावर्तन व पुनरुक्ति की बहुत सम्भावना होती है, परन्तु मेरा यह विचार है कि इससे पुस्तक की उपयोगिता कम होने की अपेक्षा बढ़ जाती है.

मैं अपनी पुत्री गायत्री देवी रमन की हृदय से आभारी हूँ जिसने समय–समय पर मुझे बहुमूल्य सुझाव दिये और पुस्तक लेखन में मेरे साथ काफी समय लगाया.

मैं अपने पुत्रों बी. निरंजन बाबू एवं बी. सच्चिदानन्द बाबू की भी, सहायता करने एवं प्रूफ जांचने के लिए आभार व्यक्त करती हूँ. आई.बी.एच. प्रकाशन के श्री पी.एन. कामत व श्री जी.के. अनन्तराय की भी इस पुस्तक के सुन्दर प्रस्तुतिकरण के लिए आभारी हूँ.

बंगलौर — राजेश्वरी रमन

15.12.1978

परिचय

मैंने यह पुस्तक इसलिए लिखी ताकि अधिक से अधिक लोग योग के विषय में जाने और समझे। यह सत्य है कि योग पर बहुत सी पुस्तके उपलब्ध हैं, और मेरी भी उनके समान एक और पुस्तक है। परन्तु मेरा यह दृढ़ विश्वास है कि मैं योग का सन्देश उन सभी ऐसे एकांत कोनों में फैलाने में योगदान कर सकती हूँ, जहाँ यह अभी तक नहीं पहुँचा। और यह कोने हैं हमारे देश के मध्यम वर्गीय स्त्री समाज जिनका एकमात्र कार्य शरीर–तोड़ कठिन दिनचर्या है। स्त्रियों के इस वर्ग पर ध्यान देना बहुत आवश्यक है क्योंकि यह वह धुरी है जिस पर पूरी गृहस्थी व्यवहारिक, नैतिक और संवेदनात्मक रूप से टिकी हुई है। इसका अर्थ यह नहीं कि नौकरी–पेश लड़कियों और छात्राओं के लिए योग आवश्यक नहीं। उनके लिए भी जरूरी है परन्तु उनके पास गृहस्थी के लगातार कार्यों में और जिम्मेवारियों में जकड़ी गृहणी की अपेक्षा कई अन्य अवसर हैं। यदि वह योग द्वारा लाभान्वित होती हैं तब पूरी गृहस्थी स्वतः ही, साथ ही अप्रत्यक्ष रूप में एक प्रशान्त सुखद घरेलू वातावरण से लाभान्वित होगी।

साधारणतः लोगों की यह धारणा है कि योग केवल जंगल में रहने वालों के लिए है, परन्तु यह विचार समाप्त कर दिया जाना चाहिए। योग सभी के लिए है। किसी भी लिंग, आयु,

स्वास्थ्य अथवा व्यवसाय के कारण इसका अनुपालन किसी के लिए भी वर्जित नहीं है। परन्तु कुछ अपवाद भी है। कोई भी इसका पालन करके पहिले से अधिक स्वस्थ व प्रसन्न व्यक्ति के रूप में उभर सकता है। परन्तु योग अपनी प्रकृति के अनुसार धैर्य और नियमित अभ्यास की अपेक्षा करता है। अतएवं तत्काल आशानुरूप परिणाम की सम्भावना उतनी ही असम्भव है, जितना किसी सौन्दर्य प्रसाधन के प्रयोग से कोई झुर्रियोंदार चेहरा रातोरात में फूलों जैसे रूपरंग की आशा करे। प्रसाधन क्रीम निरन्तर उपयोग के बाद आपको आशा के अनुकूल परिणाम भी दे सकती है और नहीं भी। परन्तु मैं आशस्वत करती हूँ कि योग कर सकता है। इसमें आपका कोई खर्च भी नहीं होगा। बल्कि योग के अभ्यास द्वारा, जब आप अपने जीवन को नियमित कर लेते हैं तो आप अपने व्यर्थ के खर्चों की बचत भी कर लेंगे। योग के लिए आपको एकमात्र घर का कोना और विभिन्न आसनों के अभ्यास के लिए एक चटाई या दरी की आवश्यकता होगी और दिन का मात्र आधा घंटा आपको जीवनभर के लिए, डाक्टरों के यहाँ के असंख्य चक्करों और दवा के बिलों से राहत दिला सकता है। आज के इस मंहगे युग में इस अभ्यास के करने का परीक्षण, प्रयत्न करने योग्य है।

आधुनिक जीवन की अन्धाधुंध प्रगति के सहवर्ती के रूप में तनाव, बेचैनी और स्नायुवीय बोझों ने हमारे जीवन के सुख चैन को हर लिया है। इसने स्वास्थ्य सम्बन्धी नई और अनजानी समस्याओं को जन्म दे दिया है। हमारा आज का युवा भी इन

समस्याओं से पीड़ित है और नशीली दवाओं, नशा, चरस आदि के द्वारा इनसे भागने का प्रयत्न कर रहा है। इस दृष्टि से योग एक बहुत बड़ा वरदान है। योग के अभ्यास द्वारा तम्बाकू और नशीली दवाओं के प्रति इस ललक को कम होते देखा गया है, जिसने उन्हें एक प्रशान्त केन्द्र बिन्दु और स्वस्थ जीवन की सुखद अनुभूति से भर दिया है।

मैंने केवल योग और विशेष रूप से हठयोग के विषय तक ही अपने को सीमित रखा है। मैं योग के प्रत्येक अंग के विस्तार में नहीं गई, क्योंकि विस्तार द्वारा सैंकड़ों पृष्ठ भरे जा सकते हैं। भारत में किसी भी गृहिणी के पास ऐसी पुस्तकों को पढ़ने का समय नहीं होता है।

यदि इन पृष्ठों को पढ़कर, आप योग की विशाल विरासत के प्रति जागृत हो सकें, तो पुस्तक लिखने का मेरा यह कार्य मुझे पर्याप्त संतोष देगा।

लेखिका-एक परिचय

प्रसिद्ध ज्योतिषाचार्य और भारतीय संस्कृति के मनीषी डा. बी. वी. रमण की पत्नी श्रीमती राजेश्वरी रमण, भारतीय संस्कृति के विभिन्न आयामों में स्वशिक्षित एक विदुषी महिला है। बहुत छोटी आयु में ही आपको योग विद्या में रुचि उत्पन्न हो गई थी और जैसे–जैसे बड़ी होती गई, इनकी विद्वता एक सुदृढ़ रूप धारण करती चली गई।

अपने परिश्रम, अध्ययन और अभ्यास द्वारा आपने कई क्रियाओं पर पूरी दक्षता प्राप्त कर ली, और मानसिक एवं शारीरिक रूप से अस्वस्थ महिलाओं को सहायता व प्रशिक्षण देती। आपकी सलाह से लाभान्वित लोगों के आभार पत्र संसार के कोने–कोन से आपको प्राप्त हुए (कुछ पत्र पुस्तक के अन्तिम भाग में प्रस्तुत हैं) हालांकि वे कभी व्यवसायिक नहीं रही।

अन्य बहिनें उनके योग सम्बन्धी क्रियाओं के उनके अनुभवों से लाभ उठा सकें ताकि वे अपनी मानसिक एवं शारीरिक स्वास्थ्य की सुरक्षा और जीवन की विविध समस्याओं का सामना कर सकें, इसी इच्छा से आप प्रेरित होकर अपने बड़े पुत्र श्री बी. सूर्यनारायण की स्मृति में, जो कि 1963 में असमय दिवंगत हो गए, सन् 1968 में "सूर्यनारायण इंस्टीटयूट ऑफ योग फॉर विमन" की स्थापना की, और यह योग ही था जिसने उन्हें इस असह्य दुःख से उभरने की शक्ति प्रदान की।

इंस्टीच्यूट के निदेशक के रूप में श्रीमती रमण ने केवल इस बात की पुष्टि ही नहीं की कि महिलाओं को यदि पर्याप्त अवसर प्रदान किया जाए तो वे काफी सीमा तक मानसिक और आत्मिक अस्वस्थताओं से अपने को मुक्त कर सकती हैं, अपने भीतर पर्याप्त साहस जुटा सकती हैं, बल्कि अधिक महत्त्वपूर्ण तो यह है कि भारतीय महिलाएं प्राचीन और समृद्ध भारतीय संस्कृति का वास्तविक भंडार है जो भौतिक, मानसिक और आध्यात्मिक तत्वों को एक उद्‌देश्यपूर्ण सम्पूर्णता में समन्वित करती है।

श्रीमती राजेश्वरी रमण काफी लम्बे समय से योग और शाश्वत् जीवन मूल्यों के निर्देशन सम्बन्धी वार्ताओं का भी आयोजन कर रही हैं, जो कि हमारी संस्कृति व देश में पिछले अगणित वर्षों से एक बहुमूल्य थाती रही।

1950 में अपने पति के साथ विश्वभ्रमण के समय श्रीमती राजेश्वरी ने अमेरिका के विभिन्न नगरों में भाषण दिये और पाश्चात्य महिलाओं के मन में भारतीय नैतिक मूल्यों और योग के सम्बन्ध में तीव्र लालसा उत्पन्न कर दी।

आपका विचार है कि सुख प्राप्त करने की ललक, बाह्य सुख जो कि बाह्य साधनों द्वारा प्राप्त किया, ने हर सामान्य स्त्री पुरुष को जकड़ लिया है; उसके स्थान पर भारतीय विचारधारा जो कि आनन्द का वास्तविक मूल है, पर ध्यान देना चाहिए।

— १ —

योग

स्वास्थ्य सर्वोच्च उपलब्धि है, सन्तोष सर्वोत्तम सम्पदा है, एक विश्वसनीय व्यक्ति निकटतम सम्बन्धी है और निर्वाण सबसे बड़ा वरदान है.......धम्मपद

योग शब्द का नाम लेते ही 'पातांजलि मुनि', योग के संस्थापक और जनक का स्मरण हो आता है. उनका जन्म ईसा से तीन शताब्दी पूर्व हुआ था और वे एक महान दार्शनिक एवं व्याकरणाचार्य थे. वे चिकित्सक भी थे और एक चिकित्सीय पुस्तक भी उन्होंने लिखी थी, जो समय के प्रवाह में कहीं खो गई.

'पातांजलि योग सूत्र' अथवा "योग पर सूक्तियाँ" उनकी सर्वोत्कृष्ट रचना है. उनके द्वारा निर्देशित मार्ग राजयोग अथवा स्वर्ण–पथ नाम से पुकारा जाता है. इसका कारण यह है कि यही वह सर्वोच्च एवं श्रेष्ठ विधि है जिसके द्वारा आत्मा का परमात्मा से योग होता है.

पातांजलि द्वारा निर्देशित योग का सम्बन्ध बुद्धि और उसके परिष्कार से है. यह बुद्धि के प्रशिक्षण से सम्बन्ध रखता है ताकि ब्रह्माण्ड से एकत्व को प्राप्त किया जा सके. इसी उद्‌देश्य से सिद्धियों अर्थात् शक्तियों को अधिकृत करना भी जुड़ा है.

पातांजलि योग का उद्‌देश्य मनुष्य को भौतिकता की कारा से छुटकारा दिलाना है. मस्तिष्क भौतिक वस्तु का सर्वोच्च रूप है और मनुष्य का चित्त या अहंकार (बुद्धि या अहं) के इस महाजाल से मुक्ति पाकर ही पवित्र व्यक्तित्व बन जाता है.

बुद्धि अथवा चित्त दो स्तरों पर कार्य करता है – बौद्धिक और संवेदनात्मक. इन दोनों ही स्तरों को मिटा देना चाहिए, तब एक निरासक्त दृष्टिकोण का स्थानान्तरण हो जाएगा। अनवरत विचार (जिज्ञासा) और विवेक (सुख और सही के बीच अन्तर करना) ये दो मार्ग हैं जो बुद्धि और संवेदनाओं में फंसे 'अहं' को समाप्त कर देते हैं. वैराग्य अथवा निरासक्ति मुनष्य को विरोध के कष्ट, प्रेम और घृणा, सुख और दुःख, यश–अपयश, आनन्द और पीड़ा से मुक्ति दिला देते हैं.

निरासक्ति और निर्विघ्न प्रशान्ति की इस स्थिति में पहुंचने का सबसे सरल मार्ग भक्ति अर्थात् प्रेम का है. यहाँ मानव अपना सब कुछ– बुद्धि, आत्मा, अहं – को दिव्य सत्ता के आगे समर्पित कर देता है और उस परम ब्रह्म की इच्छानुसार चलता है. आत्म–समर्पण को जप अर्थात् परमब्रह्म के नाम स्मरण द्वारा परिष्कृत किया जा सकता है. यह पाठ यंत्रवत् न होकर एकसूत्री और भक्ति से पूर्ण होना चाहिए। इसके लिए एकाग्रता आवश्यक है. एकाग्रता वहाँ तब ही हो सकती है जब मनुष्य ने बिना किसी दूसरी ओर ध्यान लगाए, अपना ध्यान किसी एक विशेष बिन्दु पर केन्द्रित करना सीख लिया हो.

यदि भक्ति का परिष्कार करना हो, तो व्यवहार का अनुशासन भी एकाग्रता के लिए आवश्यक है. प्रसन्नवदन, संतोष, ईर्ष्या की

अनुपस्थित सदाचार के प्रति सद्‌भाव, बुराई के प्रति सोच–विचार आदि को लगातार परिष्कृत करते रहना चाहिए.

नियमित श्वास प्रश्वास की विधियों द्वारा भी एकाग्रता प्राप्त की जा सकती है.

योग एक कला है और यह मनुष्य के दिव्यता के पहुंचने के प्रयोजन हेतु बुद्धि, शरीर और आत्मा का ध्यान रखती है. शरीर को अनेक अभ्यासों द्वारा पवित्र और शक्तिशाली बनाना चाहिए. बुद्धि को सभी प्रकार की गन्दगी से स्वच्छ रखना चाहिए और यदि मनुष्य को योग में निपुण होना है तो आत्मा को अपने भीतर जाना चाहिए. अध्ययन मस्तिष्क को शुद्ध करता है और समर्पण आत्मा को परमात्मा की ओर ले जाता है.

मनुष्य मन, कुछ कमजोरियों का, जो कि सार्वभौम है, शिकार होता है. अविधा– बाह्य जगत के विषय में गलत धारणा, अस्मिता – अपने विषय में गलत धारणा, राग–माया और इन्द्रिय विषयों के प्रति लालसा और मोह, द्वेष–वस्तुओं और व्यक्तियों के प्रति घृणा और अनिच्छा होना, अनिवेश – अर्थात् जीवन के प्रति मोह, ये बुद्धि के ऐसे पांच दुर्गुण हैं, जिन्हें मिटाना होगा. लगातार ध्यान और आत्म विश्लेषण बुद्धि की इन त्रुटियों को दूर कर देंगे.

मानव शरीर इस जीवन यात्रा का एक वाहन है. यदि बुद्धि सही ढंग से काम करे तो, इसके लिए इसे सही ढंग से रखना होगा. इसके लिए बहुत प्रकार के अभ्यास होते हैं, परन्तु पातांजलि उन पर प्रकाश नहीं डालते.

पातांजलि योग आठ अंगों से सम्बन्धित है इसे अष्टांग कहते हैं –

१. यम
२. नियम
३. आसन
४. प्राणायाम
५. प्रत्याहार
६. धारण
७. ध्यान
८. समाधि

अहिंसा (पीड़ा न पहुंचाना), सत्य (सच बोलना), अस्तेय (लालच न करना), ब्रह्मचर्य (इन्द्रिय विग्रह) और अपरिग्रह (धन लोलुपता से परहेज़) यम के अन्तर्गत आते है.

ये पाँच संयम सार्वभौम और सुनिश्चित हैं. किसी भी स्थिति में इनसे विचलित नहीं होना चाहिए. एक योगी को अपने विचारों, शब्दों या कार्यों द्वारा दूसरे को चोट या दु:ख नहीं पहुंचाना चाहिए. स्वरक्षा में भी चोट नहीं पहुंचानी चाहिए। यही अहिंसा है.

विचार, शब्द और कार्यों के बीच की एकरसता ही सत्य है. यह तथ्य पर आधारित और साथ ही सुखद भी होना चाहिए. यदि सत्य बोलने से किसी को चोट पहुंचती है, तो वह सत्य नहीं रहता और हिंसा बन जाता है. एक कथा द्वारा हम इसे स्पष्ट कर सकते हैं.

प्राचीन काल में एक मुनि अपनी सादगी और सत्यपालन के लिए विख्यात थे. एक बार की बात है कि जब वह अपनी छोटी सी कुटिया के बाहर बैठा हुआ था, एक व्यक्ति गठरी लिए

अत्यन्त डरा हुआ, भागता–भागता आया और उनके पास से निकलकर एक गुफा में ओझल हो गया. उसके कुछ क्षण बाद ही कुछ भयंकर डाकू, तलवारें चमकाते उसकी खोज में आये. यह जानते हुए कि मुनि झूठ नहीं बोलेगें, उन्होंने मुनि से उस व्यक्ति के छुपने का स्थान पूछा. उस मुनि ने सत्य बोलने का पालन करते हुए गुफा की ओर संकेत कर दिया। डाकू गुफा में घुसे, उन्होंने क्रूरतापूर्वक उस मनुष्य को बाहर घसीटकर, उसकी गठरी छीन ली और उसकी हत्या करके, गठरी लेकर चले गए. मुनि ने परमात्मा को नहीं समझा और अपने तप और सत्यपालन के कारण एक व्यक्ति की हत्या का कारण बना. योग इस प्रकार के सत्य को स्वीकार नहीं करता है. इससे तो अच्छा होता कि मुनि मौन रहता, ताकि वह बेचारा व्यक्ति बच जाता. इसलिए कोई भी शब्द बोलने से पूर्व हमें बहुत विचारपूर्वक सोच समझकर बोलना चाहिए.

छान्दोग्य उपनिषद में भी एक कथा आती है जो सत्य की व्याख्या करती है. छोटे बच्चों के लिए उस समय यह नियम था कि आत्मा के ज्ञान के लिए गुरु अवश्य हो, सत्यकाम भी एक ऐसा ही बालक था जो गुरु की खोज में निकला, ताकि उसे ज्ञान की प्राप्ति हो सके.

वह अपनी माता के पास गया और बोला "माँ ! मेरे पिता कौन हैं और मेरा गोत्र क्या है? क्योंकि शिष्यत्व स्वीकार करने से पूर्व मुझे अपने गुरु को यह सूचना देनी है."

सत्यकाम की माता नाम जाबाला था, जिसने बहुत से घरों में नौकरानी का काम किया था. इसलिए उसे ज्ञात नहीं था कि

बालक का पिता कौन था. परन्तु वह यह जानती थी कि उसका पुत्र ज्ञान प्राप्त करने का इच्छुक है, अतः उसने उलझन से उभरते हुए पुत्र से कहा "पुत्र ! मैंने नौकरानी के रूप में कई घरों में काम किया और वहाँ गर्भवती हुई. मुझे नहीं मालूम कि तुम्हारा पिता कौन है. मैं केवल यह बता सकती हूँ कि मैं जाबाला हूँ और तुम सत्यकाम हो."

यह उत्तर पाकर, बालक अपनी माता के पास से गुरु की खोज में निकला. वह विख्यात गुरु हृदयता गौतम के पास पहुंचा. गुरु ने सबसे पहिला प्रश्न पूछा "बालक! अपना गोत्र बताओ."

उस बालक ने पूर्ण विश्वास के साथ तत्काल उत्तर दिया "मैं सत्यकाम जाबाला हूँ." और जो कुछ उसकी माता ने उसे बताया था गुरु को बता दिया.

महान ऋषि हृदयता बालक की सत्यवादिता से प्रसन्न हुए और उसे अपना छात्र स्वीकार कर लिया.

यहाँ ध्यान देने योग्य यह है कि बालक सत्य बोलने से नहीं झिझका, यद्यपि ऐसी सम्भावना थी कि ज्ञान प्राप्त करने की उसकी अदम्य इच्छा अपूर्ण रह जाती. इस सन्दर्भ में देखा जाये तो गुरु भी वास्तव में महान थे, जो उन्होंने उस छोटे बालक की महत्ता को स्वीकार किया और "अकुलीन" कहकर दुत्कारा नहीं.

सत्य क्या है, इसकी कोई निश्चित परिभाषा नहीं हो सकती, परन्तु उसके कुछ स्पष्ट निर्देश सूत्र स्थापित किये जा सकते हैं.

"सत्य एक तथ्य के समान नहीं है, वह वास्तविकता की उद्घोषणा है, साथ ही निश्चित करें कि –

१. "सत्य बोलना गलत है यदि उसके बोलने से एक व्यक्ति बिना अच्छे उद्देश्य के दूसरे के लिए हानि पहुंचाता या धोखा देता हो."

२. "दूसरे व्यक्तियों की त्रुटियों के प्रति सुरक्षात्मक व्यवहार करो, जब तक कि वह दूसरे को नुकसान न पहुंचाए. दोषी व्यक्ति से उसकी गलतियों के विषय में एकान्त में बात करो, वह भी तब ही, जब तुम्हारे पास उसके लिए अवसर हो या उसकी सहायता करने का दायित्व हो. परन्तु कभी भी किसी की सहायता करने के बहाने उसे जानबूझ कर चोट न पहुँचाओ."

३."सत्य सदा ही एक पूर्ण तथ्य है, एक तथ्य जो कि कभी भी हानिकारक नहीं हो सकता. जो तथ्य दूसरे को हानि पहुँचाता हो, कभी भी प्रसारित या बोला नहीं जाना चाहिए. कभी भी ऐसे अप्रिय तथ्य को बताना नहीं चाहिए जो दूसरे को व्यर्थ की पीड़ा पहुंचाए, जैसे कि दूसरे व्यक्ति के चरित्र के सम्बन्ध में व्यर्थ की बातें करना. तुम्हारा यह चोट पहुँचाने वाला कार्य न केवल पीड़ा उत्पन्न करेगा, बल्कि पलटकर तुम्हें भी हानि पहुँचाएगा."

असतेय का अर्थ है, जो अपना नहीं है, उसके प्रति लोभ न करना। उन वस्तुओं के लिए लालायित होना जो दूसरे की हैं, मनुष्य को मोहान्ध बना देती हैं ओर सोच को धुंधला कर देती हैं. इससे चोरी और उठाईगिरी को प्रोत्साहन मिलता है. वस्तु चाहे कितनी भी तुच्छ क्यों न हो, यदि मनुष्य दूसरे की वस्तु के प्रति लालायित हो जाता है तो बुद्धि इससे धुंधली हो जाती है.

ब्रह्मचर्य का अर्थ संभोग क्रिया से विरत होना है. यह संयमपूर्ण होना चाहिए। शारीरिक रूप से संयम करके, यदि मनुष्य का मन वहीं रमा रहे, तो यह वास्तविक ब्रह्मचर्य नहीं है.

ब्रह्मचर्य की प्रतिज्ञा सबसे अधिक कठिन है, इसके लिए बहुत अधिक सचेत और जागरूक रहना पड़ता है. कामुकतापूर्ण विचार मस्तिष्क में सबसे नीचे दबे घात लगाए बैठे रहते हैं और एक दम बाहर फूट पड़ने को तैयार रहते हैं. यहाँ तक कि बड़े–बड़े ऋषि मुनि भी इस प्रलोभन के आगे झुक गए. शकुन्तला को मेनका ने जन्म दिया, जब विश्वामित्र जैसे महान तपस्वी भी स्वर्गलोक की उस अप्सरा द्वारा मोहित हो गए थे.

निम्न कथा द्वारा यह स्पष्ट हो जाता है कि किस प्रकार कामुकता किसी व्यक्ति को कपटपूर्वक अपनी मुट्ठी में कर लेती है–

एक गुरु के आश्रम में बहुत सारे विद्यार्थी वेदान्त पढ़ रहे थे. ब्रह्मचर्य पर एक वार्ता के बाद गुरु ने अन्त में कहा "छात्रो ! सावधान ! नारी से हमेशा दूर रहो. तुम्हारा आत्म–संयम और संकल्प कितना भी दृढ़ क्यों न हो, सम्पर्क इच्छा की ओर हो जाता है, और इच्छा विनाश की ओर."

एक छात्र जिसे अपने पर बहुत अभिमान था, बोल उठा "नहीं गुरुवर ! ऐसा कभी नहीं हो सकता. मैंने ब्रह्मचर्य में दक्षता प्राप्त कर ली है और मुझे कोई भी लालायित नहीं कर सकता है."

गुरु अपने आप में मुस्कुराए और कक्षा समाप्त कर दी. विद्यार्थियों को देश के विभिन्न भागों में लोगों को उपदेश देने

भेज दिया गया। यह छात्र भी उपदेश के अपने कार्य पर चल दिया और एक गाँव में छोटी सी कुटिया बनाकर रहने लगा. एक दिन मूसलधार वर्षा होने लगी. वह कुटिया के द्वार पर खड़ा वर्षा को देख रहा था कि एक नवयुवती जो कि यौवन के चढ़ाव पर थी, कुटिया के सामने वृक्ष के नीचे भागती हुई आश्रय लेने के लिए आई. वर्षा भयंकर होने लगी और अंधियारा भी फैलने लगा। वह विद्यार्थी उस भीगती हुई कन्या के लिए दुःखी होने लगा और उसे अपनी कुटिया के भीतर बुला लिया. वह भीतर आई। शीघ्र ही रात हो गई. विद्यार्थी ने उस कन्या को बदलने के लिए वस्त्र दिए और सोने के लिए चटाई दी, और उसे बाहर वाले कमरे में विश्राम करने के लिए कहा. परन्तु उसका मन बार–बार उस कन्या की ओर भागता रहा. जल्दी ही उसके मन में उस कन्या को आलिंगन में बांध लेने की तीव्र इच्छा उत्पन्न हो गई. उसने कन्या को बाँहों में ले लिया, परन्तु जब उसने उसकी ओर देखा तो कन्या के बजाय उसके गुरुजी आलिंगन में बंधे थे.

गुरु ने कहा "क्या तुम अब भी अपने आत्मसंयम के विषय में आश्वस्त हो."

विद्यार्थी ने अपना सिर लज्जा से झुका लिया.

पूर्ण ब्रह्मचर्य का समर्थन एक सामान्य व्यक्ति द्वारा नहीं किया जा सकता. इसलिए हमारे पूर्वजों ने विवाह नामक संस्था की स्थापना की. जहाँ मनुष्य अपनी मौलिक संवेदनाओं और प्रवृत्तियों के अनुरुप व्यवहार कर सके। अति भौतिक और नैतिक विनाश की ओर ले जाती है.

धन लोलुपता के न होने का अर्थ है, किसी वस्तु को प्राप्त करने की इच्छा न होना, किसी वस्तु को प्राप्त करना और आनन्द उठाना. यह अवांछनीय है। क्योंकि वस्तुओं को प्राप्त करना और अधिकार में रखना, हमें निषिद्ध साधनों का प्रयोग करने को विवश कर देगा और पूर्वलिखित सम्पूर्ण सादगी को नष्ट कर देगा.

लोलुपता और कृपणता का एक सटीक उदाहरण हमें एक महान राजा की कथा में मिलता है. एक बार राजा शिकार खेलते समय वशिष्ठ मुनि के आश्रम के समीप पहुँचा और निश्चय किया कि उसे और सैनिकों को विश्राम करना चाहिए. वह आश्रम के भीतर गया और मुनि को अपना परिचय देकर उनसे आश्रय की अनुमति मांगी. मुनि ने स्वीकार कर लिया और शीघ्र ही राजा और उसके अनगिनत सैनिकों का आतिथ्य बहुत ही सुमधुर व्यंजनों से किया. उसके बाद वे भवन के भीतर विश्राम करने ले जाए गए, जहाँ आराम और मनोरंजन की उत्कृष्ट सुविधाएं मौजूद थी. राजा बहुत विस्मित हुआ कि ऋषि ने इतने राजसी ठाट–बाट का प्रबन्ध कैसे किया. उसे मालूम पड़ा कि ऋषि के पास कामधेनु नाम की एक गाय है जो किसी भी इच्छा को पूर्ण कर देती है. राजा के मन में तत्काल उस गाय को प्राप्त करने की इच्छा उत्पन्न हुई और उसे प्राप्त करने का उसने निश्चय कर लिया। राजा ने अपनी सम्पूर्ण सेना के साथ ऋषि से युद्ध किया, परन्तु कामधेनु ने अपनी शक्ति से सबको नष्ट कर दिया. राजा ने अपनी पूरी सेना खो दी और मनोकामना पूर्ण करने वाली गाय के लालच और दुःख ने उसे

पागल बना दिया. यह विश्वमित्र के ऋषि बनने से पूर्व की कथा है. इच्छा – लोभ, दुःख को जन्म देती है और अन्धा बना देती है.

नियम अर्थात् अनुपालन पाँच हैं, वे निम्न हैं–

१. शौच (स्वच्छता)
२. सन्तोष (तृप्ति)
३. तप (पवित्र करने के लिए तपस्या)
४. स्वाध्याय (पवित्र पुस्तकों का मनन)
५. ईश्वरार्पणनिधाननी (परम सत्ता के प्रति पूर्ण समर्पण)

शौच से शरीर और बुद्धि की स्वच्छता से तात्पर्य है. शरीर को बाह्य रूप से धोकर, रगड़कर स्वच्छ किया जाता है, अन्दर की स्वच्छता के लिए कई अन्य विधियाँ हैं.

शौच का अर्थ है इस चेतना को उत्पन्न करना कि शरीर क्या है और उसमें केवल माँस, मज्जा, रक्त, बलगम, आदि हैं और वह मोह व प्रेम करने योग्य नहीं है, जो हम इस शरीर पर करते हैं. शरीर के अनेक छिद्रों को साफ करना, घृणा (विरक्ति) उत्पन्न कर देता है और शरीर के प्रति हमारे सम्मोहन को दूर कर देता है.

भगवान का एक भक्त एक बार कामान्ध होकर एक सुन्दर नर्तकी पर मोहित हो गया. वह शीघ्र ही भगवान को भूल गया, उसके सभी विचार उस नर्तकी में ही रम गए. वह उसे नित–प्रति उपहारों और गहनों से लादने लगा. एक दिन ऐसा आया, जब उसके पास उपहार देने के लिए कुछ भी शेष न रहा. तब वह अपनी भाभी के पास आया, ताकि उस नर्तकी को

देने के लिए उससे कुछ माँग सके. भाभी एक चेतन, बुद्धिमती महिला थी, उसे बहुत प्रसन्नता हुई कि उसे अपने देवर को शिक्षा देने का यह सुअवसर परमात्मा ने प्रदान कर दिया. उसने अपने सर्वोत्तम रत्न निकाले और उस दुःखी भक्त को एक शर्त पर दे दिए.

उसने कहा, "जब तुम नर्तकी के समीप जाओ तो उससे कहना कि वह तुम्हारे सम्मुख निर्वस्त्र खड़ी हो जाए. तब तुम उसके पीछे खड़े होना और उससे कहना कि वह आगे की ओर झुक जाए. उसके बाद उससे कहो कि वह उसी मुद्रा में तुमसे अपनी टांगों के बीच से झुककर रत्न पकड़ ले."

भक्त बहुत प्रसन्न होकर नर्तकी के पास गया और उससे अपनी भाभी के निर्देशानुसार रत्न ग्रहण करने के लिए कहा. जैसे ही वह नर्तकी आगे की ओर झुकी, भक्त शरीर के भद्देपन व बदसूरती को देख, जिसके लिए उसने अपने परमात्मा को ही छोड़ दिया था, एकदम स्तम्भित रह गया. वह ग्लानि से भर उठा, और उसी क्षण भक्ति में नवीन रूप से भर कर परमात्मा की खोज में निकल पड़ा.

सन्तोष का अर्थ है, जो भी तुम्हारे पास हो, उसी में प्रसन्न रहना और जो कुछ न हो उसके पीछे न भागना. संत त्यागराज जो कि भगवान राम के बहुत बड़े भक्त और कवि हुए, एक गीत में गाते हैं, "सन्तोषम् लेका, सौरव्यमु लेहु", जिसका अर्थ है सन्तोष नहीं तो सुख नहीं.

तप शोधक होता है। यह शरीर और मस्तिष्क को सहने की शक्ति देता है, बिना विरोधी तत्त्वों की शिकायत किए, दुःख और

सुख, भूख और प्यास, सरदी और गरमी, उपवास, प्रतिज्ञा और नियमों का अभ्यास आदि.

तप का अर्थ अक्सर शरीर को पीड़ा पहुँचाने, उसको हानि पहुँचाने के गलत अर्थ में समझा जाता है. भारत के लगभग सभी मन्दिर, भिक्षुकों और साधुओं द्वारा भरे पड़े हैं. ये साधु अपने हाथ या सिर के बल पर खड़े रहते हैं और अपने को महान आत्मा, महात्मा समझते हैं. कुछ तो लोहे के सरिए अपने गाल या जीभ या शरीर के अंगों के आरपार कर देते हैं, तो दूसरे लोग कीलों की शैय्या पर लेट जाते हैं, अथवा सुलगते अंगारे निगल लेते हैं. ये जो भी कुछ हो परन्तु तप नहीं है. यह तो शरीर को अपवित्र करना है जोकि परम ब्रह्म का मन्दिर है.

भगवान श्री कृष्ण सुविख्यात पुस्तक श्रीमद्‌भगवत्‌गीता में बताते हैं कि तप क्या है. तप या संयम तीन प्रकार का होता है – शरीर का, वाणी का और बुद्धि का तप. शरीर के तप का अर्थ है देवों, दो बार जन्म लेने वाले ब्राह्मण अर्थात् द्विज, धर्मनिष्ठ, शिक्षक और बुद्धिमान, पवित्र, ईमानदार, इन्द्रिय निग्रह और अहिंसा आदि की पूजा करना

विश्वसनीय बुद्धिमान लोग भी कई बार साधुओं के रोमांचकारी असाधारण कार्यों से प्रभावित हो जाते हैं और उन्हें शुद्ध आत्मा समझने की भूल कर बैठते हैं. शरीर का दुरुपयोग तप नहीं.

वाणी की शुद्धता का अर्थ है ऐसी वाणी जो दूसरों को लालायित न करे, सत्य हो, आनन्ददायक हो, लाभदायक हो। पवित्र धार्मिक ग्रन्थों का ज्ञान, बुद्धि की निर्मलता, सहानुभूति, शान्ति, आत्मसंयम और अभिप्राय की ईमानदारी को ही मस्तिष्क (बुद्धि) का तप कहते हैं.

धार्मिक ग्रन्थों का अध्ययन ही दिव्य चिन्तन की ओर ले जाता है. वास्तव में मनुष्य अपनी संगति से पहचाना जाता है. आजकल भला कैसे पता चले कि कोई सन्यासी सच्चा है या धोखेबाज. इसलिए उसकी संगति की अपेक्षा पुस्तकें अधिक सहायक होती हैं और प्रत्यक्ष रूप में हमारी गुरु बन जाती है. अच्छी पुस्तकों का लगातार अध्ययन, चिन्तन की ओर ले जाता है और चिन्तन ही परमात्मा की भक्ति और मनन की ओर ले जाता है.

परम ब्रह्म की इच्छा के आगे पूर्ण समर्पण अहं को मिटा देता है और वहीं से आत्मा के विकास की प्रक्रिया शुरु हो जाती है.

यहाँ एक छोटी सी कथा द्वारा पूर्ण समर्पण को स्पष्ट किया जा सकता है. एक बार भगवान विष्णु बैकुण्ठ में अपनी पत्नी के साथ पांसे का खेल खेलते हुए विश्राम कर रहे थे। अचानक भगवान विष्णु उठ खड़े हुए, लक्ष्मी एकदम चकित हो उठी और इस जल्दी का कारण पूछा.

भगवान ने उत्तर दिया, "मेरे एक भक्त पर सशस्त्र डाकुओं ने आक्रमण कर दिया है और सहायता के लिए मुझे पुकार रहा है" और एक क्षण में ही वे चले गए, परन्तु अगले ही क्षण वापिस भी आ गए। लक्ष्मी बहुत विस्मित हुई.

"आप इतनी जल्दी वापिस कैसे आ गए?" उन्होंने पूछा.

"हाँ" भगवान उसांस लेकर बोले, "मेरे भक्त ने मुझे बुलाया, परन्तु इसी बीच उसने एक बड़ा पत्थर उठाया और डाकुओं पर फेंक दिया, और इस प्रकार उसने अपनी रक्षा कर ली। उसका

अपने पत्थर पर मुझसे भी अधिक भरोसा था. मैं इसलिए वापिस आ गया.''

पूर्ण आत्मसमर्पण परम ब्रह्म के सम्मुख अपनी तुच्छता और अकिंचन होने की भावना को स्वीकार करना है. द्रोपदी की कथा एक और उदाहरण है. जब तक वह अपनी लज्जा की रक्षा करने के लिए अपने चीर को हाथों से पकड़े रही, भगवान श्रीकृष्ण रक्षा के लिए नहीं आए. परन्तु जिस क्षण अपने चीर को छोड़कर उसने अपने हाथ ऊपर की ओर फैला दिए, भगवान उसकी रक्षा के लिए तत्काल उपस्थित हो गए.

वास्तव में, पातांजलि के अनुसार योग के विभिन्न स्तरों के अभ्यास द्वारा जो प्राप्त किया जा सकता है, वह मात्र ईश्वर प्राणिधनानी अर्थात् परमब्रह्म के प्रति पूर्ण समर्पण द्वारा प्राप्त किया जा सकता है.

योगाभ्यास अगला पड़ाव है. सामान्यतया योगी का जीवन बाह्य रूप में सभी प्रकार की क्रियाओं से मुक्त है. अंगों का तब ही प्रयोग किया जाता है जबकि आवश्यक हो. यह अच्छे स्वास्थ्य का कारण नहीं बनता. आसन या यौगिक क्रियाएं इसलिए बहुत महत्त्वपूर्ण हो जाती हैं. आसन, स्वास्थ्य की रक्षा करता है और निश्चल जीवन में ऊर्जा उत्पन्न करता है. यह शरीर को सुस्थिर भी बनाता है, जो कि आगामी यौगिक अभ्यासों में एक महत्त्वपूर्ण घटक है.

प्राणायाम अगला चरण है. प्राण शरीर के भीतर संचारित जीवनदायनी शक्ति है.हालांकि साधारण बोलचाल की भाषा में प्राण, ''सांस लेने'' को कहते हैं, परन्तु क्रियात्मकता में यह

सांस से अधिक तीव्र है. प्राणायाम शरीर में प्राण का संचार करता है, जो कि मस्तिष्क एवं शरीर की गंदगी भी साफ करता है.

इसके पश्चात् प्रत्याहार आता है, यह संवेदनाओं को ज्ञानेन्द्रियों से अलग करता है. लगातार अभ्यास के द्वारा, संवेदनाओं को बाहरी वस्तुओं की अपेक्षा अपने भीतर की ओर मोड़ दिया जाता है.

एक बार जब बाह्य संवेदनाएं, भीतर की ओर देखना सीख चुकती हैं, धारणा अथवा एकाग्रता आसान हो जाती है, बुद्धि स्थिर हो जाती है, विचारों की प्रक्रिया मन्द पड़ जाती है, और ध्यान बिना किसी बाधा के एक विशेष वस्तु पर केन्द्रित हो जाता है. यह वस्तु परमात्मा की आकृति हो सकती है या फिर जिह्वा का अग्र भाग अथवा किसी के हृदय की काल्पनिक दीप्ति भी हो सकती है. अनवरत ध्यान की यह एकाग्रता मनन अर्थात् चिन्तन की ओर ले जाती है. चिन्तन, व्यक्ति द्वारा किसी एक वस्तु पर केन्द्रित किया गया, विचारों का अनवरत धारा–प्रवाह है जो चिन्तन करने वाले द्वारा, मनन के केन्द्र की ओर सीधे ले जाता है. बिना परिश्रम की एकाग्रता, एक प्रकार से ध्यान ही होता है.

अन्तिम चरण है समाधि या परमानन्द. इस स्थिति में चिन्तन करने वाला और चिन्तन का विषय एकाकार हो जाते हैं. दोनों के बीच पूर्ण एकात्मकता हो जाती है

धारणा, ध्यान और समाधि को एक रूप में समयम कहते हैं, अर्थात् इन्द्रियों से परे सभी प्रकार के ज्ञान की प्राप्ति.

समयम अति चैतन्य को एक सोपान से दूसरे सोपान तक ले जाने के लिए प्रयुक्त होना चाहिए. समयम द्वारा अतीन्द्रय शक्तियाँ और पूर्व जन्म की स्मृतियाँ वापिस लीं जा सकती है, इन्हें अपने स्वार्थपूर्ण लक्ष्यों और इच्छाओं में व्यर्थ नहीं करना चाहिए. सभी प्रकार के योग का अन्तिम लक्ष्य कैवल्य ही आत्मा की मुक्ति है

कैवल्य वह स्थिति है जब मानव अपनी दिव्यता को अनुभव करता और जानता है. दिव्यता का अर्थ है परिपूर्ण. एक बार जब यह अवस्था प्राप्त हो जाती है, वहाँ कोई इच्छा, दुःख और पीड़ा का संदेशवाहक शेष नहीं रहता. मानव ही परमात्मा अर्थात परमानन्द बना जाता है. उसकी प्रशान्ति और आनन्द को कोई भंग नहीं कर सकता. योग का यही उद्देश्य है. केवल जब हम सोचना छोड़ देंगे, हम हर विचार को समझ जायेंगे और हर कार्य जो हम सोचते या कार्यान्वित करते हैं, वास्तव में आनन्द की प्राप्ति का ही मार्ग है. परन्तु हम हमेशा उसके गलत स्थान और गलत वस्तुओं में खोजते हैं. जब हम उसे वहाँ नहीं पाते तो हम क्रुद्ध, निराश और कुण्ठित हो जाते हैं. हर बार हम उसे गलत स्थानों में खोजते हैं और पतंगे की भाँति जो लपटों की तरफ भागता है, स्वयं जलकर भस्म हो जाते हैं.

योग हमें बताता है कि हर प्रकार का आनन्द हमारे भीतर ही है और इच्छाओं को सन्तुष्ट करना वैसा ही है जैसे आग पर घी डालना, जो कि आग को बुझाने की अपेक्षा और भी तीव्रता से प्रज्जवलित कर देती है. यही कुछ हाल इच्छाओं का

भी होता है. योग हमें सिखाता है कि आनन्द जिसको हम भीतर खोज रहे हैं, इच्छाओं के न होने से ही हमें प्राप्त हो जाएगा.

इच्छा न होने की अवस्था को प्राप्त करने के लिए, हमें बुद्धि को सही सोचने के लिए प्रशिक्षित करना होगा. स्वस्थ बुद्धि के लिए स्वस्थ शरीर आवश्यक है. यहीं पर हठयोग की आवश्यकता होती है.

— २ —

हठयोग

"बुद्धि बीज है, हठयोग मिट्टी है, और अनिच्छा पानी है, इन तीनों द्वारा कल्पवृक्ष जो कि उन्मनीवस्था है, एक दम उत्पन्न हो जाता है" – हठयोग प्रदीपिका

योग जैसा कि हमने पहिले ही जान लिया है कि यह 'स्व' को जानने की प्रक्रिया है। यहाँ हम लोग केवल हठयोग और उसके द्वारा शरीर को निर्मल करने के उसके उद्देश्य, से ही सम्बन्धित हैं।

'हठ' शब्द के 'ह' अक्षर का अर्थ सूर्य है और 'ठ' का अर्थ चन्द्रमा से लिया गया है। 'योग' शब्द संस्कृत के 'युग' शब्द से निकला है, जिसका अर्थ है 'जोड़ना' अर्थात् 'युक्त होना'। ये दोनों शब्द मिलकर सूर्य और चन्द्रमा के एकाकार होने अर्थात् 'प्राण और अपान' वायु के एकाकार होने को स्पष्ट करते हैं। यह एक शारीरिकं प्रक्रिया है जो दोनों नथुनों द्वारा सांस लेने की प्रक्रिया को नियमित करती है। लेकिन हमें हमेशा यह याद रखना चाहिए कि किसी भी प्रकार के योग का उद्देश्य आत्मा का विकास ही है।

बुद्धि, शरीर और आत्मा, मनुष्य के तीन अंग हैं। ये प्रत्येक अपास में एकदम अलग हैं, परन्तु इनकी कार्यप्रणाली एक दूसरे

को प्रभावित करती है। इनमें से कोई भी एक दूसरे को त्याग नहीं सकता और प्रत्येक अंग एक पूर्ण इकाई के रूप में मानव अस्तित्व के लिए, कुशलता और कार्यप्रणाली के लिए अन्य दोनों अंगों पर पूर्णतयः निर्भर है।

शरीर और बुद्धि के नियंत्रण के लिए चेतन रहकर किया गया प्रयास, आत्मा को विकास की ओर ले जाता है जो कि काफी सीमा तक अतीन्द्रिय होता है। इसी परिणाम की ओर सभी यौगिक क्रियाओं का लक्ष्य होता है। यौगिक क्रियाओं के अभ्यास में शारीरिक अंगों और बौद्धिक क्षमता की कार्यप्रणाली का नियंत्रण और अनुशासन बहुत आवश्यक होता है।

हठयोग जैसा कि हम जानतें हैं मूलरूप से 'गृहदारयण्यक संहिता' और 'हठयोग प्रदीपिका' से लिया गया है। इन दोनों रचनाओं का मूल सम्भवतः एक ही रहा होगा क्योंकि दोनों में ही कई पंक्तियों की बार–बार पुनरावृत्ति होती है।

हठयोग को सात शीर्षकों में विभाजित किया जा सकता है–

१. शारीरिक स्वच्छता
२. आसन
३. मुद्रा
४. प्रत्याहार
५. प्रणायाम
६. ध्यान
७. समाधि

मैं केवल आसन प्राणायाम और एक दो मुद्राओं पर ही बात करूंगी। अच्छे स्वास्थ्य की रक्षा के लिए उनके महत्व पर मेरा विशेष बल रहेगा।

यूँ तो अनगिनत आसन हैं, परन्तु उनमें से केवल कुछ ही महत्वपूर्ण हैं।

कोई भी व्यक्ति जो चौदह वर्ष (14) आयु से बड़ा हो, योगासन कर सकता है। रोगी मनुष्य भी कर सकता है। परन्तु गर्भवती महिलाओं को गर्भ के तीन महीने बाद आसन बन्द कर देना चाहिए। रजोवृत्ति के समय भी चार दिनों के लिए हर माह इसका अभ्यास रोक देना चाहिए। हृदय रोगियों को इस विषय में सचेत रहना चाहिए और किसी दक्ष व्यक्ति के निर्देशन में ही यौगिक क्रियाओं का अभ्यास करना चाहिए। वैसे भी ये आसन किसी कुशल और प्रमाणित गुरु द्वारा सर्वोत्तम विधि से सीखे जा सकते हैं।

आसन प्रातः समय खाली पेट करना ही सर्वोत्तम रहता है। जहाँ पर समय की परेशानी हो वहाँ शाम को भी किए जा सकते हैं, परन्तु ध्यान रहे कि भोजन ग्रहण करने के कम से कम तीन घंटे बाद ही आसन किए जाने चाहिए। एक ही स्थान व एक ही समय पर किए अभ्यासों से जल्दी ही अच्छे परिणाम प्राप्त किये जा सकते हैं।

आहार को भी नियमित व नियंत्रित करना चाहिए। शाकाहारी लोग अपना सामान्य भोजन ले सकते हैं, परन्तु बहुत मसाले वाला, चिकनाईयुक्त, गरिष्ठ भोजन को धीरे–धीरे कम कर देना चाहिए और जहाँ तक सम्भव हो नहीं लेना चाहिए। मांस, अंडा, मछली का भी निषेद्य है, इसी प्रकार शराब, नशा आदि का भी। ताज़ा पकाया भोजन, ताज़ी सब्जियाँ, फल, हरी सब्ज़ियां, दूध आदि, योग का अभ्यास करने वालों के लिए

सर्वोत्तम भोजन है। हाँ, हर व्यक्ति को अपने साधन भी देखने चाहिए। डिब्बे में बंद, तैयार परिष्कृत भोजन को एकदम छोड़ देना चाहिए, क्योंकि कई बार ये गलत प्रभाव का कारण बनते हैं।

दूसरे रूप में भी, अपना सामान्य जीवन भी, काम, आराम और विश्रांति में समय का अन्तर, अपने साधनों और परिस्थितियों के अनुसार करना चाहिए। जैसे कि भगवान कृष्ण ने स्वयं कहा 'अपने भोजन और मनोरंजन में, काम करने को उत्साह, नींद और जागृत अवस्था में जो व्यक्ति संतुलन रखता है, उसके लिए योग दुःखनाशक बन जाता है।''

यदि हठयोग के अभ्यास को नियमपूर्वक किया जाए तो उसका लाभ, ओजस्वी चेहरा, शरीर, मनोहर व्यक्तित्व, निर्मल त्वचा, उन्नत रक्तप्रवाह और पूरे स्वास्थ्य में ही दृष्टिगोचर होगा।

यहाँ डा. ए.के. सिन्हा द्वारा सेमिनार वार्ताओं के पुस्तकाकार संग्रह ''प्रस्पेक्टिव इन योगा'' से कुछ रोचक पंक्तियों को उल्लखित कर रही हूँ–

यौगिक अभ्यासों के रोग निषेद्यात्मक और निदानातमक प्रभाव

'अकादमी ऑफ रिसर्च इन फ़िजिकल कल्चर' वारसा ने योग प्रणाली के शारीरिक और मनोवैज्ञानिक पक्ष पर शोध कार्य किया। जिसमें रोमनोवस्की, पासेक और अन्य लोगों की सेवाएं ली गई ताकि पता लगाया जा सके कि मनुष्य की जीन

प्रक्रिया पर तत्कालीन वातावरण के हानिकारक प्रभाव के विरूद्ध क्या कुछ प्रतिक्रिया इनके द्वारा की सकती है? (36, 42–48)

परिणामों द्वारा पता चला कि रक्तवाहिनी तंत्र और पाचन प्रणाली के मनोशारीरिक विकार वाले रोगियों के इलाज ने इसे अस्वीकार कर दिया जबकि उनकी सामान्य उत्तेजना कम होकर, धड़कन की गति 56–62 प्रति मिनट बताने लगी और निम्न रक्तचाप का दबाव 104–63–120–70 प्रति मिनट हो गया। हीमोग्लोबिन जाँचा गया। आधारभूत उपापचय से पता चला कि 4–76 प्रति मिनट के अनुपात से बहुत ही निम्न स्तर का वायु संचारण होने लगा जो कि उनका औसत था। साँस लेने निकलने की गति 4.2 / 1 प्रति मिनट बताने लगी। ली गई साँस में आक्सीजन का उपयोग 1 मि.मी. था अर्थात् सामान्य से 20 प्रतिशत अधिक। आराम की स्थिति की सभी प्रकार जांचों में आर.क्यू. बहुत निम्न स्तर पर रहा, आ; 5.0, 7, इससे स्पष्ट होता है कि ऊतकों द्वारा उपयोग की गई आक्सीजन की मात्रा भी सामान्य से अधिक थी। कार्बनडाइआक्साईड का निष्कासन भी बढ़ गया। ई.ई.जी. परीक्षण से पता चला कि थकावट के लक्षणों के अनुपात में प्रशान्ति की दशा में सुधार हुआ। रोरस्काच विधि के परीक्षण द्वारा यह सिद्ध हो गया कि प्रयोगात्मक परीक्षण दल ने सामान्य संवेदानात्मक सम्बन्धी प्रतिक्रियाओं का, उनकी गम्भीर मनःस्थिति की पृष्ठभूमि पर भी अपेक्षाकृत अत्यन्त सन्तुलनात्मक पाया।

उच्च रक्तचाप

डाटे और अन्य लोगों ने मिलकर 86 लोगों पर (जिसमें 68 पुरुष और 18 महिलाएं थी) जो कि 20 से 46 वर्ष की आयु के बीच थे, शोध किया। उनका उच्च रक्तचाप (सिस्टोलिक) 160 से 270 और निम्न रक्तचाप (डायस्टोलिक) 90 से 120 मिमी था। उनमें से 62 रोगी मूलभूत रोगों से, 19 गुर्दे सम्बन्धी रोगों से और 5 धमनीकाठिन्य उच्च रक्तचाप से पीड़ित थे। उन्होंने सब लोगों को तीन वर्गों में विभाजित कर दिया – १. जिन्होंने उच्च रक्तचाप की कभी कोई दवा नहीं ली थी, २. दवाओं द्वारा काफी सीमा तक नियंत्रित हो गया था, 3. दवा द्वारा पूरी तरह नियंत्रित नहीं हुआ।

उच्च रक्तचाप की धड़कन की गति के अलावा, श्वास क्रिया, अन्य साधारण लक्षण भी रिकार्ड किए गए और शोध के समय से पूर्व और कुछ समय के अन्तराल से अभ्यास के बाद इलैक्ट्रोमायोग्राफ लिए गए।

"केवल श्वसन के अभ्यास से उल्लेखनीय प्रतिक्रिया देखी गई, यद्यपि कुछ असफलताएं भी मिली, जो कि अभ्यास की अनियमितता अथवा गलत विधि का प्रयोग करने के कारण हुई। रक्तचाप के औसत में 30 मि.मी. में कमी, लक्षणों में आराम और स्वस्थ अनुभव होने की भावना अधिकतर रोगियों में बढ़ गई। ललाट के सामने के भाग का इलैक्ट्रोमायोग्राम और फिज़ियोग्राम लेने पर भी पर्याप्त सुधार दिखाई दिया।"

एक सौ व्यक्तियों के लगभग जिनमें मनोस्नायुतंत्र रोगों और मनोशारीरिक और उत्तेजना, निराशा, हिस्टीरिया आदि

मिलकर इन सभी विकारों के लक्षण स्पष्ट थे, जिनमें 66 पुरुष और 34 महिलाएं थी, व जिनकी आयु 16 से लेकर 64 वर्ष के भीतर थी, को पातांजलि पर आधारित निदानात्मक विधियों से इलाज के लिए, एक अनुसंधान हेतु, मुम्बई के के.ई.एच. अस्पताल के मनोचिकित्सक विभाग के डॉ. वाहिया व उनके सहयोगियों ने चुना। दो माह के अभ्यास के बाद सुधार के विषय में रोगियों, उनके रिश्तेदारों और इस परियोजना से जुड़े विशेषज्ञों की टीम ने, रोगियों की स्थिति के सम्बन्ध में निर्णय लिया। तब यह देखा गया कि सुधार की प्रक्रिया में काफी सीमा तक सुधार परिलक्षित हो रहा था।

कैवल्यधाम, एस.एम.आई. लोनावाला ने केन्द्रीय और महाराष्ट्र प्रदेश की सरकार के सहयोग से 1964–65 में एक कार्यक्रम अपने हाथ में लिया जिसमें श्वास नली सम्बन्धी दमे के इलाज के लिए 139 रोगियों को –8 के समूह में, चार सप्ताह के लिए दाखिल किया गया, ताकि उन पर यौगिक क्रियाओं द्वारा इलाज के प्रभाव को जांचा जा सके। जहाँ अन्य सभी प्रकार के इलाज असफल हो गए, वहीं दमें के इलाज में यौगिक अभ्यास से वे लाभान्वित हुए।(7)

योग द्वारा कैंसर बचाव और इलाज सम्बन्धी अपने अभी हाल के लेख में, डॉ करमबेल्कर, जो कि कैवल्यधाम के योग संस्थान में विख्यात जीव रासायनिक हैं, ने डॉ. पोदेर के विचार व्यक्त करते हुए कहा कि कैंसर के वायवीय तथ्य, शारीरिक, मनोवैज्ञानिक और दैविक होते हैं – यह उन्होंने प्रोफेसर विन्सेन के विचारों के आधार पर कहा, जिन्होंने कैंसर के रोगियों के विषाक्त रक्त

नमूनों में पीएच1, आरएच2 और आरओ को स्नायुतंत्र रोगों के नमूनों के समान पाया। उनका यह विश्वास है कि यह विपरीत भी हो सकता है जब क्षारीय पीएच और आक्सीकरण आरएच2 जब एक विशेष डिग्री से नीचे होंगे, वहाँ उन्हें यौगिक अभ्यास द्वारा उनको सफलतापूर्वक रोका जा सकता है।

इन शोधों के परिणाम से यह निष्कर्ष निकलता है कि विवेकपूर्वक और लगातार विकासात्मक यौगिक अभ्यास, अवयवीय प्रणाली को उन्नत, उच्चतर अनुकूल कर देता है जो कि एएनएस, अन्तःस्रावी प्रणाली और प्रभावात्मक व्यवहार के संचालन का उत्तरदायी होता है। ऐसा ज्ञात होता है कि अभ्यासकर्ता धीरे–धीरे अधिक से अधिक संकल्प शक्ति का अनुभव करता है जो शरीर के उपापचयी और स्वचालित कार्यव्यापार को रोगी को शरीर की दुष्क्रियाओं से उभरने की ओर ले जाता है, और सामान्य व्यक्ति के शारीरिक सन्तुलन को बनाए रखता है। यह परिवर्तन किस प्रकार आता है, यह अभी तक स्पष्ट नहीं हो सकता है। अभी इस सम्बन्ध में और शोध की आवश्यकता है कि यौगिक क्रियाओं की किस प्रक्रिया के द्वारा यह शारीरिक और मानसिक प्रभाव होता है।

कुछ लोगों के मन में यह गलत धारणा है कि जब वे योग बन्द कर देंगे तो उनका वजन बढ़ जायेगा। मैं इस सम्बन्ध में स्पष्ट कर देना चाहती हूँ कि उनका यह विचार गलत है। वे बढ़ने वजन के कारण योगाभ्यास करते हैं। जब वे नियमित रूप से निरन्तर अभ्यास करते हैं तो वे पायेंगे कि उनका वजन स्वतः घट रहा है। अभ्यास एकदम बन्द कर देंगे तो उनकी

ग्रन्थीय अनियमितताएं (जो उनके बढ़े हुए वजन का कारण है) जो कि योग के कारण नियंत्रण में आ गई थी, तत्काल दुबारा शुरू हो जायेंगी। इस विषय में, मेरा उनको पूछना ही स्पष्ट उत्तर होगा कि क्या योगाभ्यास न करने का उनका अपना आलस्य ही इस दशा के लिए उत्तरदायी नहीं होगा? वे इस तथ्य को भूल जाते हैं – बहुत ही अकृतज्ञतापूर्वक – कि वर्षों से अनियंत्रित रूप में भोजन करने और आलस्य के कारण जो चर्बी उनके शरीर के भीतर एकत्रित हो गई थी, वह योग के कारण समाप्त होती जा रही थी। बजाय अपने आलस्य पर दोषारोपण करने के वे इस प्राचीन कला पर दोषारोपण करते हैं। मुझे एक भी ऐसा उदाहरण दें जब कोई व्यक्ति योगाभ्यास बन्द करने के बाद मोटा हो गया हो, जबकि वह पहिले से ही मोटापे का शिकार था। आपको ऐसा कोई भी उदाहरण नहीं मिलेगा। मैंने यह अनुभव किया है कि लोग सौन्दर्य, स्वास्थ्य और एक सुडौल शरीर के लिए दिन–रात पत्रिकाएं और पुस्तकों में निदान ढूंढते फिरते हैं, परन्तु वास्तव में उसके लिए कोई प्रयास नहीं करते। वे बहुत ही आलसी अपने प्रति इतने आसक्त हैं कि इसे स्वीकार नहीं करेंगे और योग पर व्यर्थ ही दोषारोपण करेंगे। यह सत्य है कि शताब्दियों से योग की इन व्यर्थ के दोषारोपण के विपरीत आज भी सुदृढ़ स्थित अपने आप में उसके पर्याप्त पक्ष में हैं और उसके द्वारा प्राप्त सफल परिणामों का प्रमाण है।

— ३ —

ध्यान के लिए मुद्राएं

"जब श्वास संचरण करता है, मस्तिष्क स्थिर होता है, परन्तु जब श्वास शान्त होती है तब मस्तिष्क भी शान्त होता है" ..... हठयोग प्रदीपिका

प्राचीन ऋषियों ने, जिन्होंने इसे खोजा, इन मुद्राओं को इस रूप में निश्चित किया, ताकि एक ही मुद्रा में स्थिरतापूर्वक, बिना किसी हलचल के घंटो तक बैठे रह सकें। यह सुस्थिर आसन मनुष्य को मस्तिष्क की एकाग्रता प्राप्त करने में सहायक होता है।

पद्मासन, प्रसिद्ध कमल पुष्प मुद्रा है, जिसे बुद्ध मुद्रा भी कहते हैं। सिद्धासन एक और मुद्रा है, जिसे सामान्यतः ध्यान के लिए प्रयोग करते हैं।

प्रारम्भ में इन मुद्राओं का अभ्यास कुछ सैंकड मात्र करके, फिर धीरे–धीरे इसको 15 मिनट और अधिक बढ़ाते रहें। साधारण व्यक्ति के लिए अधिकतम 3 घंटे का समय निश्चित होता है परन्तु आप वर्षों के अभ्यास के बाद ही इस आसन में बैठ सकते हैं।

ध्यान की इन सभी मुद्राओं में, सीधे बैठें, जिसमें सिर, गर्दन और रीढ़ एक सीधी लाईन में हों। बैठने के बाद किसी एक वस्तु

पर अपनी दृष्टि केन्द्रित कर दें और बिना पलक झपकाएं उसे निरन्तर देखते रहें, अथवा आप आंखे बन्द करके अपने भीतर ध्यान केन्द्रित कर सकते हैं।

पद्मासन (कमल मुद्रा)

जप और ध्यान के लिए यह सर्वोत्तम मुद्रा है। दोनों पैरों के तलुवे जंघाओं पर ऊपर की ओर स्थित कमल पंखुड़ियों के समान लगते हैं जैसा कि इसके नाम से पता चलता है।

पद्मासन

१. फर्श पर एक दरी या कम्बल बिछा लें। यदि सम्भव हो तो मृग छाला का प्रयोग भी किया जा सकता है क्योंकि ध्यान अथवा जप के लिए इसे सर्वोत्तम माना जाता है।

२. अब अपनी टांगे सामने की ओर फैला कर सीधे तनकर बैठें।

३. अपने दांए पैर को पकड़े और घुटने पर मोड़कर, बांई जंघा पर रखें। पैर का तलुवा ऊपर की ओर हो।

४. बाएं पैर को इसी प्रकार दायीं जंघा पर उसी प्रकार रखें जिस प्रकार दांया पैर रखा था।

५. अपने पैरों को जंघा पर इतनी ऊंचाई पर रखे कि ऊपर की ओर मुड़ी हुई एड़ी पेट के निचले भाग को छूने लगे।

६. अपनी हथेलियां एड़ियों के ऊपर, एक दूसरे के ऊपर रखें।

७. इस बात का ध्यान रहे कि सिर गर्दन और कमर एक सीध में हो और पीठ सीधी रहे।

८. इस बात को सुनिश्चित करें कि दोनों जंघाएं और घुटने फर्श के ऊपर दबाव देते हुए टिके हों। शुरु में आपको ऐसा लगेगा कि दोनों में से एक जंघा थोड़ा ऊपर की ओर उठी हुई है। धीरे से सावधानीपूर्वक आप इसे फर्श की ओर ले जायें और इस मुद्रा को कुछ सैकेंड तक ऐसे ही रखें।

लाभ :– पद्मासन सभी प्रकार के प्राणायाम एवं ध्यान सम्बन्धी अभ्यासों के लिए सर्वोत्कृष्ट मुद्रा है। यह शरीर के निम्न भाग के अंगों के जोड़ों को ढीला कर देता है। इस प्रकार जोड़ों की अकड़न दूर करके तकलीफ को दूर कर देता है। यह तीन व्याधियों (वात, पित्त, कफ) को शरीर की संचारण प्रणाली को संतुलित करके, उसमें सामंजस्य लाता है। यह टांगों और जंघाओं की मांसपेशियों और नसों को मजबूत बनाता है।

यदि आप फर्श पर बैठ कर भोजन करते हैं, जैसा कि आमतौर पर भारत में किया जाता है, तो पद्मासन उसके लिए सबसे सरल आसन है। अन्यथा आप अपने साथ जबरदस्ती न करें, नहीं तो क्षति भी हो सकती है। आप धीरे–धीरे अभ्यास द्वारा टांगों को यह आसन करने में कुशल बना सकते हैं। बहुत अधिक अकड़ी हुई टांगों के लिए यह आसन सीखने के लिए तीन माह पर्याप्त होते हैं।

सिद्धासन (दक्षता की मुद्रा)

सिद्ध का अर्थ है दक्षता और सिद्धासन दक्षता की मुद्रा है।

सिद्धासन

१. दरी पर उसी प्रकार टांगें सामने की ओर फैलाकर बैठें जैसा कि पिछले आसन में बैठे थे।

२. बाएं पैर को पकड़े और उसे घुटने पर मोड़ते हुए एड़ी को इस प्रकार रखें कि वह गुदा भाग को दबाए।

३. अब आप दायें पैर को घुटने से घुमाकर दायीं एड़ी को उसी प्रकार जननांगो के नीचे लगा दें, ध्यान रहे कि इससे कोमल अंगों पर किसी प्रकार का दबाव न पड़े।

४.अपने हाथ की हथेलियों को घुटनों के ऊपर उसी प्रकार रखें जैसे पद्मासन में रखा था।

५. ध्यान रहे कि गर्दन, सिर और रीढ़ एक दम सीधी रेखा में हो।

लाभ :– सिद्धासन ध्यान और एकाग्रता की दृष्टि से सर्वोत्तम मुद्रा है। यह ब्रह्मचर्य और आत्म नियंत्रण में सहायक होता है। पद्मासन की अपेक्षा सिद्धासन अधिक सरल होता है। नौसिखए विशेषकर जो लोग फर्श पर बैठने के आदी नहीं होते, पद्मासन के बजाय, सिद्धासन का अभ्यास करें तो अधिक उचित रहे। अतः प्रारम्भ में इसी का अभ्यास करें।

— ४ —

आसन

"जो व्यक्ति आहार, मनोरंजन, कर्म, निद्रा और जागरण में संयम रखता है, उसके लिए योग दुःखनाशक हो जाता है."
—श्रीमद्‌भागवतगीता

आसन, मुख्य रूप से ऐसी मुद्रा है, जो स्वास्थ्य व शक्ति के लिए होती है. आसन अनगिनत हैं, परन्तु वे सब आवश्यक नहीं हैं. मैं केवल उन्हीं आसनों के सम्बन्ध में बात करूंगी, जो रोग के उपचार और स्वास्थ्य की रक्षा के लिए हैं. आसन हमेशा एक दक्ष गुरु या शिक्षक से ही सीखना चाहिए जो कि व्यक्ति विशेष की आवश्यकताओं के अनुसार उनमें परिवर्तन या सुधार कर सके। मैं इन लोकप्रिय आसनों की सरसरी तौर पर रूपरेखा बताऊँगी. श्वास लेना व निकालना किसी भी आसन में महत्त्वपूर्ण होता है, मैं यहाँ श्वास प्रश्वास की बहुत ही सरल विधि भी बताऊँगी.

योगाभ्यास के समय निम्न बिन्दु बहुत ही महत्त्वपूर्ण हैं.

१. हमेशा साफ, हवादार, रोशनी वाले कमरे में आसन करें. यदि आप उन भाग्यवान लोगों में से हैं, जो अपने घर के आँगन, छत या किसी भी खुले एकान्त स्थान में अभ्यास कर सकते हैं, तो वहीं पर अवश्य करें. जहाँ तक सम्भव हो अपने

कमरे का दरवाज़ा बन्द रखें, ताकि लोगों के आवागमन से कमरे की शान्ति भंग न हो.

२. कम व हल्के कपड़े पहने, विशेषकर सूती ताकि पसीना आने व श्वास–प्रश्वास में बाधा न पहुंचे. अन्दर पहिने जाने वाले सभी प्रकार के तंग कपड़े जैसे, बेल्ट, ब्रा, कमरबन्द आदि न पहिने. पैरों पर से भी सभी कुछ उतार दें.

३. कालीन पर एक कम्बल दोहरा तह करके कम्बल बिछा दें, तब उस पर आसन करें. एक चादर कम्बल के ऊपर बिछा दें ताकि जब आप पेट के बल लेट कर आसन करें तो कम्बल के रेशे मुंह या नथुनों में चिपक कर आपको तंग न करें यह बहुत अधिक चिकना या सख्त नहीं होना चाहिए.

४.अपने बाल बांध लें. सिर से सभी प्रकार के क्लिप, जूड़े की पिन आदि निकाल दें. यदि आप जूड़ा बनाती हैं तो ध्यान रहे कि सीधे लेटने पर यह जूड़ा तंग न करें

५. आसन सदा प्रातःकाल ही करना चाहिए, यदि सम्भव न हो तो सायं सूर्यास्त के समय ही रहना चाहिए.

६. भोजन के तत्काल बाद, पेट भरा हुआ होने पर, कभी भी आसन नहीं करना चाहिये. इस बात का सदा ध्यान रखें कि भारी भोजन के बाद कम से कम 5 घंटे का, व हल्के भोजन नाश्ते आदि के बाद 3 घंटे का अन्तराल अवश्य रहना चाहिए. किसी पेय पदार्थ के जैसे दूध, चाय, जूस आदि के बाद भी आधे घंटे का अन्तराल रहना चाहिए.

७. किसी दक्ष शिक्षक के निर्देशन व देखरेख में ही अभ्यास करें. आपको यह सोच कर आश्चर्य होता होगा कि बार बार एक

गुरु की आवश्यकता के विषय में बताने पर भी, मैंने आसनों के सम्बन्ध में एक सामान्य विधि बतला दी. कारण यह है कि इन्हें पढ़ने के पश्चात्, इस विषय पर गम्भीरतापूर्वक विचार करने की इच्छा आपके भीतर जाग्रत हो जाती है तो मेरा यह सब लिखने का उद्देश्य पूरा जायेगा. एक बार आपके मन में योग को जानने की सच्ची और हार्दिक इच्छा जाग्रत हो जाएगी तो सच्चा गुरु अवश्य मिल जाएगा.

भुजंगासन (सर्प मुद्रा)

इस आसन का यह नाम इसलिए पड़ा क्योंकि यह मुद्रा फन उठाए सर्प के समान लगती है. उठा हुआ सिर और छाती सांप के फन के समान लगता है और फर्श पर चित्त पड़ा शरीर सांप के शरीर की भांति लगता है.

भुजंगासन

१. दरी पर अपना सिर नीचे की ओर करके लेट जाओ.

२. अपनी सभी मांसपेशियों को ढीला छोड़ दो.

३. अपनी हथेलियों को कन्धे के समानान्तर ज़मीन पर रखें, प्रत्येक हथेली नीचे की ओर और कन्धे से एक इंच परे होनी चाहिए.

४.अपने दोनों पैरों को जोड़ो, एड़ियां जमीन को छूती रहें.

५. अब धीरे से सिर को जमीन से ऊपर उठाएं और धीरे–धीरे इतना ऊपर ले जाएं कि रीढ़ सुन्दरता से पीछे की ओर गोलाई में घूम जाए. एकदम तीव्रतापूर्वक या जबरदस्ती यह क्रिया न करें. प्रत्येक क्रिया बिना रूके एक गति में और बिना किसी झटके के होनी चाहिए.

६. अपनी रीढ़ को थोड़ा–थोड़ा करके उठाओ ताकि प्रत्येक कशेरूका क्रमशः ढीली होती जाए.

७. शरीर को नाभि द्वारा जमीन से छूता हुआ नीचे ही रखें.

८. इसी मुद्रा में कुछ सेकेण्ड तक रहें.

९. अपनी पीठ को पुरानी स्थिति में, पेट के बल लेटा हुआ, धीरे–धीरे ले आएं.

१०.इस आसन को 6 बार दुहराएं.

आपने एक बार इस आसन को एक–एक चरण में ठीक प्रकार करने का अभ्यास कर लिया, तब सांस लेकर इसका अभ्यास करें.

श्वास प्रक्रिया

क.जब चित्त लेटें तक सांस बाहर निकालें.

ख.जब तुम सिर को क्रमशः ऊपर उठाते हुए फन बनाती हो, तब सांस अन्दर खींचो

ग. इस मुद्रा में जब तक रहें, सांस खींचे रहिए.

घ. जब आप पूर्व स्थिति में वापिस आती हो तो धीरे–धीरे सांस बाहर निकालिए.

लाभ : पीठ के दर्द और रीढ़ की सभी प्रकार की व्याधियों के लिए भुजंगासन सर्वश्रेष्ठ है. किसी भी व्यक्ति का यौवन उसकी रीढ़ की हड्डी के लचीलेपन और लोच पर निर्भर करता है. आपने इस बात पर ध्यान दिया होगा कि जैसे आयु बढ़ती है, पीठ अकड़ने लगती है. भुजंगासन सम्पूर्ण रीढ़–स्तम्भ को और साथ ही पेट की मांसपेशियों को स्वस्थ बनाता है. इन मांसपेशियों पर दबाव पड़ने से कब्ज दूर होता है. यह आसन निष्क्रिय पड़े गर्भाशय और अण्डाशय को भी स्वस्थ बनाता है. श्वेत प्रदर और बिस्तर भीगने के विरूद्ध भी यह बहुत सफल रहता है. यह छाती को विकसित करता है और स्तनों को सुगठित बनाता है.

शलभासन (टिड्डा मुद्रा)

यह आसन जब पूरी तरह किया जाता है तो इसकी आकृति एक टिड्डे के समान हो जाती है, इसलिए इसे शलभासन कहा गया है.

शलभासन

१. अपने पेट के बल चित्त लेट जाओ.

२. हाथ शरीर के पार्श्व में आराम की स्थिति में हों और हथेलियाँ ऊपर की ओर हों.

३. अपनी नाक, माथा और ठोड़ी को जमीन की तरफ दबाओ.

४. सारे शरीर को ढीला छोड़ दो.

५. अब सभी मांसपेशियों को सख्त करके टांगों को ज़मीन से ऊपर उठाओ.

६. जितना ऊपर ले जा सकती हो उतना ऊपर उठाओ. पहली बार में जबरदस्ती न करो, बल्कि अभ्यास द्वारा थोड़ा–थोड़ा क्रमानुसार करो.

७. टांगों को घुटने पर मत मोड़ो, बल्कि उन्हें जंघा से लेकर एड़ी तक एक सीधी रेखा में रखो.

८. इस मुद्रा में कुछ सैकेण्ड तक रहो.

९. धीरे–धीरे पैर नीचे लाओ.

१०.ध्यान रहे कि पैर ऊपर उठाते समय व नीचे लाते समय जुड़े रहें.

११.इसे 4 बार दुहराएं.

श्वास क्रिया :

क.जब पेट के बल लेटी हुई हों तो सांस पूरी तरह बाहर निकालो.

ख.अब सांस धीरे–धीरे भीतर लें, तब टांगों को जमीन से ऊपर उठाओ.

ग. इस मुद्रा में अपनी सांस रोके रखो.

घ. जब टांगे नीचे की ओर लाती हो, तब धीरे–धीरे सांस बाहर निकालो.

शलभासन का अभ्यास शरीर के नीचे के अंगों को, जबकि भुजंगासन का अभ्यास ऊपर के अंगों को सुगठित बनाता है.

लाभ : यह आसन अमाशय, गुर्दे और अग्नाशय (पेनक्रियाज) की मांसपेशियों को सुगठित बनाता है. धड़ के भाग पर जोर पड़ने से यह आंतों को उद्दीप्त करके, शौचक्रिया में आए ढीलेपन को दूर करता है. यह रीढ़ स्तम्भ को भी सुगठित करके उसमें रक्त संचार को बढ़ाता है. यह गर्भाशय और पेड़ू (पेल्विस) को भी शक्तिशाली बनाता है. उदरवायु से भी मुक्ति दिलाता है.

धनुर्सान (धनुष मुद्रा)

इस आसन में शरीर प्रत्यंचा पर चढ़े धनुष की मुद्रा के समान हो जाता है.

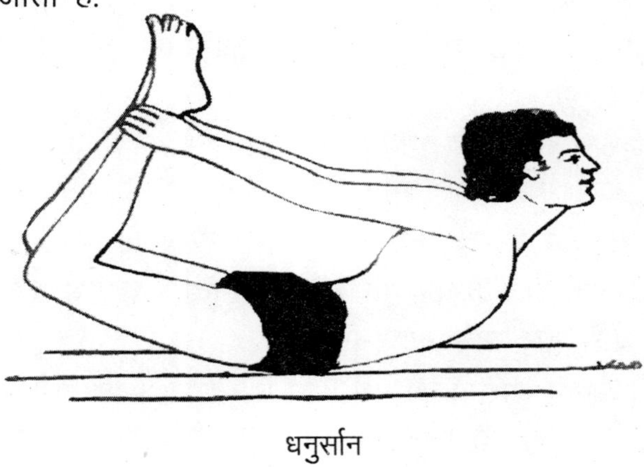

धनुर्सान

१. दरी पर पेट के बल चित्त लेट जाओ.

२. पूरे शरीर को ढीला छोड़ दो.

३. जांघो के ऊपर टांगों को घुमा दो.

४. एड़ी पर से प्रत्येक टांग को पकड़ो.

५. अब धीरे–धीरे सिर और छाती को ऊपर उठाओ.

६. बिना फालतू जोर लगाए टांगों को जंघाओं से ऊपर की ओर उठाओ.

७. हाथों द्वारा टांगों को तब तक खींचो जब तक धनुष की तनी डोरी के समान सुन्दर चाप (प्रंत्पचा) न बना जाए.

८. इस मुद्रा को केवल अपने धड़ पर संतुलित करते हुए बिना किसी प्रकार के झटके या अस्थिरता के कुछ सैकेंड तक रखो.

९. टांगों पर अपनी पकड़ को ढीला करके, धीरे–धीरे पुनः पुरानी स्थिति में वापिस आ जाओ.

श्वास क्रिया

क. जब तुम फर्श पर चित्त लेटी हो तब सांस पूरी तरह बाहर निकाल दो.

ख. धीरे से सांस भीतर खींचो और तब टांगो को पकड़कर अपने को ऊपर उठाते हुए धनुष का आकार बनाओ.

ग. इस मुद्रा में जब तक रहो, सांस रोके रखो.

घ. जब तुम पेट के बल पर चित्त पड़ी मुद्रा में वापिस आती हो, तब धीरे–धीरे सांस बाहर निकालो.

सर्वप्रथम आसनों की पूरी विधि पर दक्षता प्राप्त करो, उसके बाद ही हर मुद्रा के अनुसार श्वास प्रश्वास क्रिया का अभ्यास करो.

लाभ : धनुर्सान, शलभासन और भुजंगासन का समन्वय है इसलिए इससे दोनों को ही लाभ होते हैं. पूरी पीठ की भली प्रकार मालिश हो जाती है. यह मोटापा को कम करता, कब्ज और वात को ठीक कर देता है. यह आसन जनंनागों सम्बन्धी व्याधियों को दूर करता है. मासिक धर्म को नियमित बनाता और श्रोणि प्रदेश (पेडू) को असह्य पीड़ा से छुटकारा दिलाता है. इन तीनों आसनों का नियम पूर्वक अभ्यास करने से प्रसव काल कष्टप्रद नहीं रहता और प्रसव भी आराम से, लगभग बिना दर्द को हो जाता है.

पश्चिमोत्तान आसन

१. दरी पर पीठ के बल एकदम चित्त लेट जाओ.

२. ध्यान रहे कि घुटने भी एकदम सीधे फर्श की ओर दबे हुए हों. हाथ शरीर के बगल में रहें.

३. शरीर को पूरी तरह ढीला छोड़ दो.

४.अब धीरे से अपने आप को बैठी मुद्रा में ले आओ.

अ

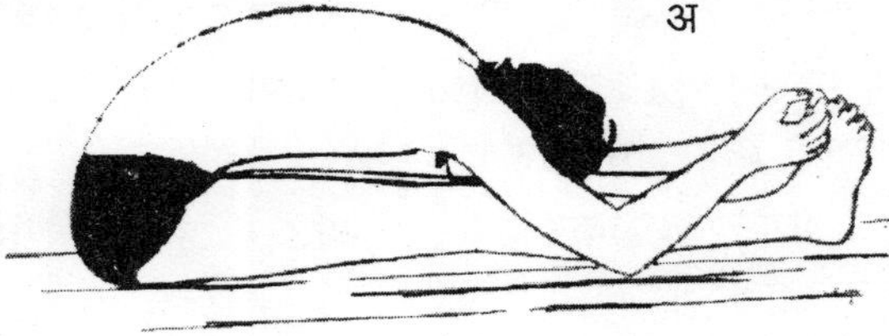

ब

पश्चिमोत्तान आसन

५. आगे की ओर झुको और पैर के अंगूठे को तर्जनी और मध्यमा से चित्र (ब) के अनुसार पकड़ो. इस मुद्रा में किसी भी प्रकार का खिंचाव या जबरदस्ती नहीं होनी चाहिए.

६. अपने सिर को नीचे की ओर इतना झुका दो कि वह घुटनों को छूने लगे. इस मुद्रा में आने के लिए घुटनों को मत उठाओ, बल्कि उन्हें फर्श से चिपके स्थिर मुद्रा में रहने दो. चित्र अ.

७. इस मुद्रा में कम से कम पांच सैकेन्ड तक रहो.

८. अंगूठे पर अपनी पकड़ क्रमपूर्वक ढीली कर दो और पूर्ववत् स्थिति में आ जाओ

९. इसे चार या पांच बार दोहराओ.

यह आसन पहली बार में सफलतापूर्वक नहीं किया जा सकता है. प्रत्येक चरण का धीरे--धीरे अनुसरण करना चाहिए, और कुछ माह के अभ्यास के बाद ही तुम इस मुद्रा को सही प्रकार कर सकोगी.

श्वास क्रिया

क.जब तुम नीचे लेटती हो तो सांस भीतर की ओर खींचो.

ख.जब अपने अंगूठे को पकड़ने के लिए झुकती हो तब धीरे–धीरे पूरी सांस बाहर निकाल दो.

ग. जब तुम अंगूठा छोड़कर पहली स्थिति में आ जाती हो तो सांस भीतर खींचो

लाभ : यह आसन पाचन क्रिया को उद्दीप्त करता और भूख बढ़ाता है. गुर्दे, अमाशय, अग्नाशय (पेन्क्रियाज) और पेट के निचले भाग की मांसपेशियों की कार्यप्रणाली में तीव्रता आती है. यह मधुमेह और बवासीर से भी छुटकारा दिलाताहै. इस आसन

में टांगे पूरी तरह खिंच जाती हैं, जिससे घुटने के नीचे की नसेंसुगठित होती हैं. रीढ़ में भी मालिश होती है. पीठ के दर्द का यह अच्छा दर्दनाशक है.

हलासन (हल की मुद्रा)

यह सभी प्रकार के उपयोगी उद्देश्यों के लिए है और पश्चिमोत्तान का एकदम विपरीत आसन है.

·हलासन

१. दरी पर चित्त लेट जाओ, बांहे पार्श्व में हों.

२. अपनी बांहों को फर्श पर दृढ़तापूर्वक स्थिर रखो और टांगों को ऊपर की ओर उठाओ.

३. घुटनों पर बिना झुके, अपने कूल्हों को ऊपर उठाओ, और टांगों को सिर के ऊपर लाकर, पीछे की ओर तब तक ले जाओ, जब तक वह फर्श को छूने न लगे

४. घुटने सीधे रखो, और टांगे जुड़ी हुई एक सीधी रेखा में हों.

५. इसी मुद्रा में कुछ सैकेण्ड के लिए स्थिर रहो और फिर

अपनी पुरानी स्थिति में पूर्ववत् आ जाओ.

६. इसे 4 से 5 बार दोहराओ.

श्वास क्रिया

जब इस मुद्रा में हो तो धीरे–धीरे नाक द्वारा श्वास लो. शेष समय केवल सामान्य रूप से श्वास लो.

लाभ : इस आसन में पीठ की सभी मांसपेशियां पूरी तरह खिंच जाती हैं और उनमें लोच आ जाती है. रीढ़ स्तम्भ की प्रत्येक कशेरूका में रक्त संचार बढ़ता है. रीढ़ स्तम्भ को सुगठित रखने के लिए हलासन सर्वोत्तम है. यह नीचे के नितम्ब भाग को लचकदार बनाता है. अमाशय की कार्यप्रणाली के ढीलेपन और कब्ज को भी दूर करता है. तिल्ली (प्लीहा, स्प्लीन) का भी मर्दन हो जाता है. गर्दन और कन्धे को सुगन्धित बनाता है और नितम्ब की फालतू चर्बी घटा देता है.

सर्वांगासन

सम्पूर्ण स्वास्थ्य और स्फूर्ति के लिए यह सर्वोत्कृष्ट आसन है. वास्तव में प्राचीन ऋषि मुनि, अन्त:यौवन का श्रेय इसी को देते रहे हैं. जैसा कि इसके नाम से स्पष्ट होता है 'सर्व अंग' यह शरीर के सभी अंगों को सुगठित बनाता है.

१. अपने दोनों हाथ पार्श्व में रखकर दरी पर लेट जाओ.

२. अपनी टांगें फर्श से ऊपर उठाओ, फिर जंघा, तत्पश्चात् अन्त में नितम्ब को धीरे–धीरे ऊपर उठाओ.

३. पूरे शरीर, पीठ, नितम्ब, जंघाएं और टांगों को, कोहनी पर सहारा दो, हाथ पीठ पर टिके रहें.

सर्वांगासन

४.उसे जितना भी उर्ध्व (ऊपर) रख सको, रखो.

५. अब आप देखोगी कि ठोढ़ी छाती को दबा रही है चित्र (ब).

६. जब यह आसन सही प्रकार से किया जाये तो कंधे, गर्दन और सिर का कुछ भाग फर्श को छूता रहेगा.

७. टांगों को बिना हिलाए या अस्थिरता के, शरीर को सीधा रखें.

८. इस आसन में कुछ सैकेण्ड तक रहो, और इस मुद्रा में अधिकतम 5 मिनट तक रहने का अभ्यास करो.

९. शरीर को धीरे–धीरे नीचे लाओ और पूर्ववत् चित्त दशा में आ जाओ. इस आसन को केवल एक बार करना पर्याप्त है.

श्वास क्रिया

जब इस मुद्रा में हो तब धीरे–धीरे सांस लो.

लाभ : यह आसन गर्दन के नीचे के पूरे शरीर को, शीर्षासन की भांति उलट देता है. चेहरे और गर्दन पर ताजे रक्त का संचार, वृद्धावस्था के अनचाहे चिह्न, झुर्रियां और श्वेत बालों को दूर करता है. ठोड़ी की अन्दर की तरफ की जकड़ टेंटुआ की ग्रन्थि (थॉयोरॉड) पर दबाव डालती है और उसे सुगठित बना देती है. गर्दन की अनचाही रेखाएं समाप्त हो जाती हैं. दोहरी ठोड़ी की समस्या से भी छुटकारा मिल जाता है. पैरों से रक्त प्रवाह नीचे की ओर होने से वेरीकोज़ शिराएं भी स्वस्थ हो जाती हैं. यह बवासीर, कब्ज, अस्वस्थ रक्त प्रवाह, महिलाओं की स्वास्थ्य सम्बन्धी विकृतियों और अनिन्द्रा का भी उपचार करती हैं.

वास्तव में यह आसन 'क्षय और मृत्यु' को रोकता है. कई सुन्दर महिलाएं, मॉडल, फिल्म तारिकाएं, अभिनेत्रियां आयु की क्षति को दूर भगाने के लिए इस आसन को नियमपूर्वक करती हैं. सिर तक का असीम रक्त संचार आंखों में चमक लाता है. अत्याधिक कार्य से थके मस्तिष्क के लिए यह उत्तम स्वास्थ्यवर्द्धक है.

चेतावनी : यदि आपको हृदय रोग अथवा उच्च रक्तचाप, साईनस या फिर कमजोर दृष्टि की समस्या है तो यह आसन कदापि न करें.

मत्स्यासन (मछली मुद्रा)

सर्वांगासन के बाद मत्स्यासन करना चाहिए. संर्वागासन थॉयरॉड ग्रन्थि पर हल्के दबाव द्वारा उपचार करता है तो यह

मत्स्यासन

आसन ग्रन्थि वाले क्षेत्र को खींचता है, उसके एकदम विपरीत होता है.

१. दरी पर पद्मासन की मुद्रा में बैठ जाओ.

२. इसी मुद्रा में बैठे हुए, शरीर को धीरे से पीछे ले जाओ.

३. कुहनियाँ फर्श पर ही रहे.

४.पीठ को फर्श से उठा लो, ताकि केवल टांगे और सिर फर्श को छूता रहे, जबकि हाथ फर्श पर ही रहें.

५. सिर को पीछे की ओर ले जाओ, ताकि गर्दन और पीठ में ऊपर की ओर घुमाव जा जाए और शरीर (पद्मासन में ही) सिर के पिछले भाग पर टिका रहे.

६. पैर के अंगूठे को हाथ से पकड़ लो, और अभ्यास द्वारा इस स्थिति में दो से तीन मिनट तक रहो.

७. धीरे से पैर के अंगूठे को छोड़ दो, पीठ को नीचे ले आओ, और अपनी टांगों को पद्मासन से अलग कर दो.

आपको इस आसन को दुहराने की आवश्यकता नहीं.

श्वास क्रिया

जब आप पूरी तरह इस मुद्रा में आ जाएं, तब तक उस मुद्रा में हो, उस समय धीरे से गहरी सांस अन्दर लें.

लाभ : यह गर्दन की अकड़न और दर्द को दूर करता है. कन्धे पीछे की ओर घूम जाते हैं तो गोल और झुकी हुई पीठ अपनी प्राकृतिक स्थिति में आ जाती है. कमर और गर्दन के खिंचाव से यह अंग सुदृढ़ बनते हैं, और वहां की अनावश्यक चर्बी समाप्त हो जाती है. पसलियां और फेफड़े फैलते हैं, अतः वे सुगठित होजाते हैं और काफी मात्रा में ताज़ी हवा और आक्सीजन उन्हें प्राप्त होती है. पिट्यूरी ग्रन्थि (पियूष) और पाइनिअल ग्रन्थियों की विकृतियां समाप्त हो जाती हैं

मयूरासन (मोर की मुद्रा)

१. दरी पर झुक कर बैठो.

२. नीचे की ओर करके हथेलियों को रख दो, चित्र स

३. हाथ को सख्ती से ज़मीन पर टिका दो और धड़ को नीचे की ओर ले जाओ ताकि वह कुहनी के सामने दबाव दे. (चित्र अ)

४.अपनी टांगों को पीछे की ओर खींचो.

५. अब उन्हें जमीन से उठाओ और कुहनी द्वारा दिए गए सहारे से धड़ पर संतुलित करो.

६. इस मुद्रा में बिना हिले डुले और झुके कुछ सैकेंड तक रहो.

७. अपनी पूर्व स्थिति में वापिस आ जाओ.

जितना दिखाई देता है, यह आसन उतना सरल नहीं है. शरीर को संतुलित करना सीखने में कम से कम तीन माह के अभ्यास की आवश्यकता होती है और इसमें एकदम स्थिर बिल्कुल भी हिलेडुले नहीं इसके लिएं तीन और माह के अभ्यास की आवश्यकता होती है.

मयूरासन

श्वास क्रिया

(क) जब आप टांगों को ज़मीन से उठाती हो, सांस अन्दर खींचों.

(ख) जब तक इस मुद्रा में हो सांस रोके रखो.

(ग) मुद्रा से बाहर आते समय, धीरे धीरे सांस बाहर निकालो.

लाभ : यह आसन पेट के सभी प्रकार के विकारों को दूर करता है. अमाश्य, प्लीहा, तिल्ली और अन्य सभी प्रकार के

पाचन अंगों को यह पुष्ट बनाता है ताकि वे अच्छी तरह भोजन पचा सके व पाचन क्रिया बेहतर हो जाए. यह मानसिक स्वास्थ्य को भी सुगठित करता है.

अर्द्ध–मत्स्येन्द्रासन

१. टांगे सामने की ओर निकाल कर दरी पर सीधे बैठो.

२. दायीं टांग को घुटनो पर इस प्रकार मोड़ो कि एड़ी पेडू (पेल्विस) को दबाए.

३. बायीं टांग को इसी प्रकार घुटनों से मोड़ो और उसे दांयी टांग पर इस प्रकार रखो कि पैर दायीं जंघा के पास जमीन पर स्थित हो.

४. दांया हाथ बांये घुटने के ऊपर घुमाकर रखो और बायें पैर के अंगूठे को दांयी हाथ की अंगुलियों से दृढ़तापूर्वक पकड़ लो.

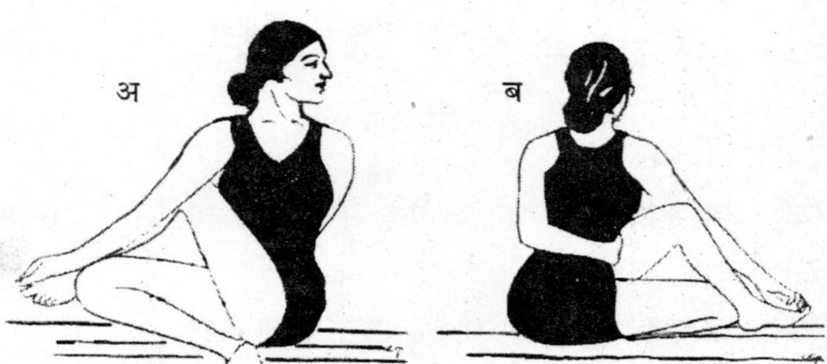

अर्द्ध–मत्स्येन्द्रासन

५. बांये हाथ को पीछे इस प्रकार घुमाओ कि वह पीठ के पीछे टिका रहे, अंगुलियां कमर के दांये भाग के अन्दर की तरफ हो.
६. अब रीढ़ को भी मोड़ो ताकि सिर भी बांयी बांह की दिशा में घूम जाए.
७. इस बात का ध्यान रहे कि छाती और गर्दन सीधे रहें.
८. इसी मुद्रा में 5 सैकेण्ड तक रहो.
९. पुरानी स्थिति में वापिस आ जाओ.
१०. अब इसी मुद्रा को बांये पैर द्वारा करो ताकि रीढ़ अब दूसरी दिशा में घूम जाए, यह एक पूरा आसन है.

दो बार दोहराएं.

श्वास क्रिया

अभ्यास के दौरान सामान्य रूप से सांस लें.

लाभ : रीढ़ का दोनों दिशाओं में अच्छा मर्दन हो जाता और रीढ़ की प्रत्येक कशेरूका इस घुमाव के कारण उद्दीप्त हो जाती है. मांसपेशियों एवं वात के दर्द ठीक हो जाते हैं.

पादहस्तासन

यह पश्चिमोत्तान आसन का ही दूसरा रूप है, अन्तर केवल इतना है कि यह आसन खड़े होकर किया जाता है.

१. दरी पर दोनों पैर जोड़कर, सीधे तन कर खड़े हो जाओ, एड़ियाँ एक दूसरे के साथ जुड़ी होनी चाहिए.
२. अपने दोनों हाथ सिर के ऊपर ले जाओ.
३. थोड़ा घुमाव बनाते हुए पीछे की ओर झुक जाओ.
४. हाथ सामने की ओर लाओ, और नीचे तक तब तक झुको, जब तक तुम्हारे हाथ, पैरों के अंगूठों को न छू लें.

५. तर्जनी और बीच की अंगुलियों से दोनों पैरों के अंगूठों को पकड़ लो (चित्र ब).

६. अपनी टांगें सीधे ही रखते हुए, अपनी नाक को घुटनों से छूने का प्रयत्न करो या फिर अपने सिर को दोनों घुटनों के बीच में लगा दो.

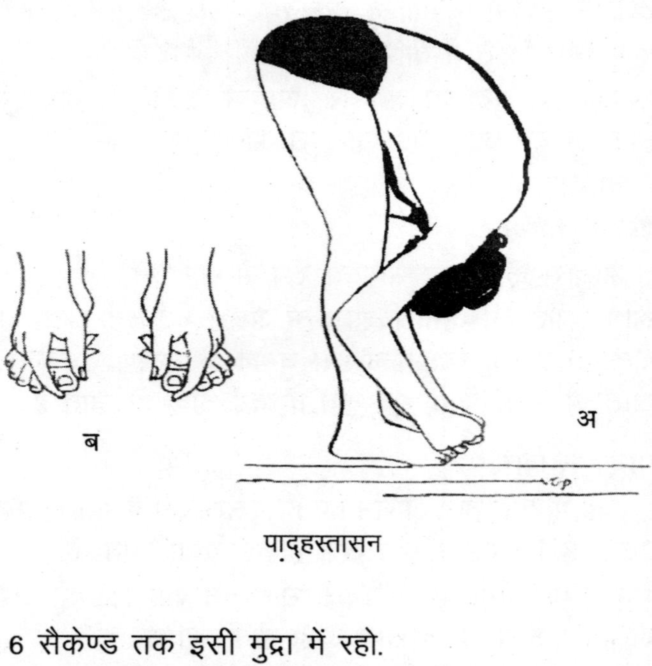

पादहस्तासन

७. 6 सैकेण्ड तक इसी मुद्रा में रहो.

८. धीरे–धीरे अपने शरीर को ऊपर उठाओ और खड़ी हुई मुद्रा में वापिस आ जाओ

९. इसे 4 बार दोहराओ.

इस बात का विशेष ध्यान रहे कि इस पूरे कार्य व्यापार के समय तुम्हारी बांहे तुम्हारे कानों को छूती रहें. यह मुद्रा सही रूप में करने के लिए अभ्यास की बहुत आवश्यकता है. पहली बार तुम्हें इस आसन को करने में बहुत ज़ोर नहीं लगाना चाहिए, यहाँ तक कि पैर के अंगूठे को पहली बार में छू पाना सम्भव नहीं होता है. परन्तु लगातार अभ्यास द्वारा आप शीघ्र ही इसे करने में सफल होंगी.

श्वास क्रिया

(क) जब आप अपनी बांहे सिर के ऊपर ले जाती हो, तब सिर को पीछे ले जाते समय गहरी सांस लो.

(ख) जब आप आगे की ओर झुकती हो और हाथों द्वारा पैर के अंगूठे को पकड़ती हो तब धीरे–धीरे सांस बाहर छोड़े.

(ग) जब आप अपना हाथ ऊपर उठाकर पुरानी स्थिति में लौटती हो, तब सांस अन्दर खींचो.

लाभ : इस स्थिति में भी रीढ़ पूरी तरह खिंच जाती है और उसकी पूरी मालिश हो जाती है. झुके हुए कन्धे और कूबड़ जैसी पीठ की विकृत मुद्रा को ठीक करने के लिए यह सर्वोत्तम आसन है. कमर व पीठ के पास का थुलथुलापन समाप्त हो जाता है. शरीर हल्का फुल्का और कमनीय लगने लगता है. यह पुराने असह्य पीठ के दर्द को भी समाप्त कर देता है. संयुक्त राष्ट्र अमेरिका के ड़ाक्टर स्टीमेन्सन जिन्होंने असाध्य पीठ के दर्द पर काफी शोध किया है, ने पाया कि जिन लोगों ने पादहस्तासन का अभ्यास किया उनमें से 80 प्रतिशत

एकदम ठीक हो गए. 230 रोगी जिन्हें यह आसन सिखाया गया और अभ्यास कराया गया, उनमें से 185 रोगी जो पहिले किसी उपचार से ठीक न हो सके, इस आसन के अभ्यास द्वारा उन्हें पीठ दर्द से एकदम छुटकारा मिल गया.

शवासन

अब हम सबसे अधिक कठिन और महत्वपूर्ण आसन पर आते हैं. इसे शव या मृत की मुद्रा भी कहते हैं क्योंकि इसमें शरीर उसी के सदृश होता है.

१. अपनी पीठ के बल चित्त लेट जाओ.

२. बांहे पार्श्व में होनी चाहिए.

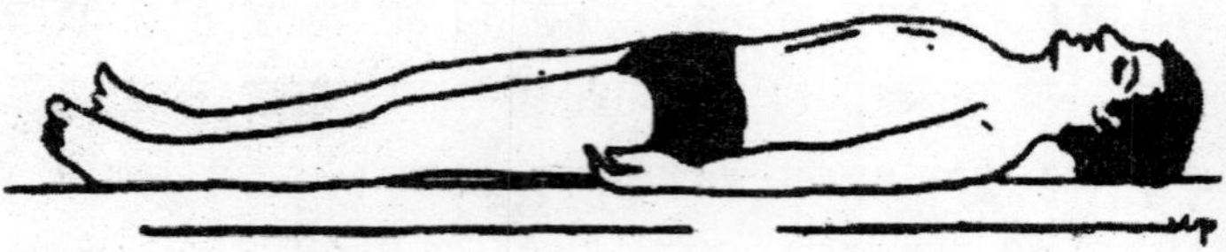

शवासन

३. टांगे सीधी और एड़ी जोड़कर रखो.

४. शरीर की सभी मांसपेशियों को ढीला छोड़ दो. अपने पैरों के अंगूठ से प्रारम्भ करते हुए अनुभव करो कि वे एकदम निर्जीव निष्प्राण हो गए हैं. इसके बाद एड़ी, पिण्डलियाँ, जंघाएँ, नितम्ब, धड़, हृदय, कन्धे, गर्दन, बांहे, कोहुनियाँ, हथेलियाँ, प्रत्येक अंगुली, अन्त में सिर तक, आंखे, होंठ, कान और अपने प्रत्येक अंग में शिथिलता अनुभव करो.

५. जब आप यह करोगे तो एक शिथिलता और विश्रान्ति आपको घेर लेगी.

६. आप यह अनुभव करोगे कि आपकी श्वास क्रिया और धीमी होकर अधिक नियमित औऱ गतिमय हो गई है.

७. प्रारम्भ में इस मुद्रा में पांच मिनट तक रहे फिर धीरे–धीरे 20 मिनट तक ले जाओ.

८. अपनी बांयी तरफ घूमो और 12 तक गिनती गिनो. फिर दांयी तरफ घूमो और 12 तक गिनती गिनो और दांयी तरफ से उठ जाओ.

प्रारम्भ में तुम्हें ऐसा प्रतीत होगा कि तुम्हारे अंग तुम्हारी आज्ञा का पालन नहीं कर रहे हैं और बैचेन और अशान्त हो रहे हैं. इसका कारण है कि आपने कभी भी उन्हें विश्राम देने का प्रयत्न ही नहीं किया, परन्तु अभ्यास द्वारा आप उन्हें शान्त कर सकते हैं.

आज के जीवन के अशान्त, भागदौड़ वाले जीवन के कारण होने वाले सभी प्रकार के विकार जैसे उच्च रक्तचाप, क्रोध, चिड़चिड़ापन आदि के उपचार के लिए यह सर्वोत्तम आसन है. अनेक हृदयरोग विशेषज्ञ अस्वस्थ हृदय के उपचार के लिए इसकी सलाह देते हैं.

शीर्षासन

अक्सर कई लोग, आज भी योग को शीर्षासन से जोड़ते हैं, उसका तात्पर्य एक उल्टी–पुल्टी मुद्रा है. यह सही भी है. इस आसन द्वारा सबसे अधिक शारीरिक और आत्मिक लाभ प्राप्त होते हैं.

१. फर्श पर एक नरम कम्बल बिछा दो.

२. अपने घुटनों के बल बैठो और इस प्रकार झुक जाओ कि सिर का शीर्ष भाग कम्बल पर रहे.

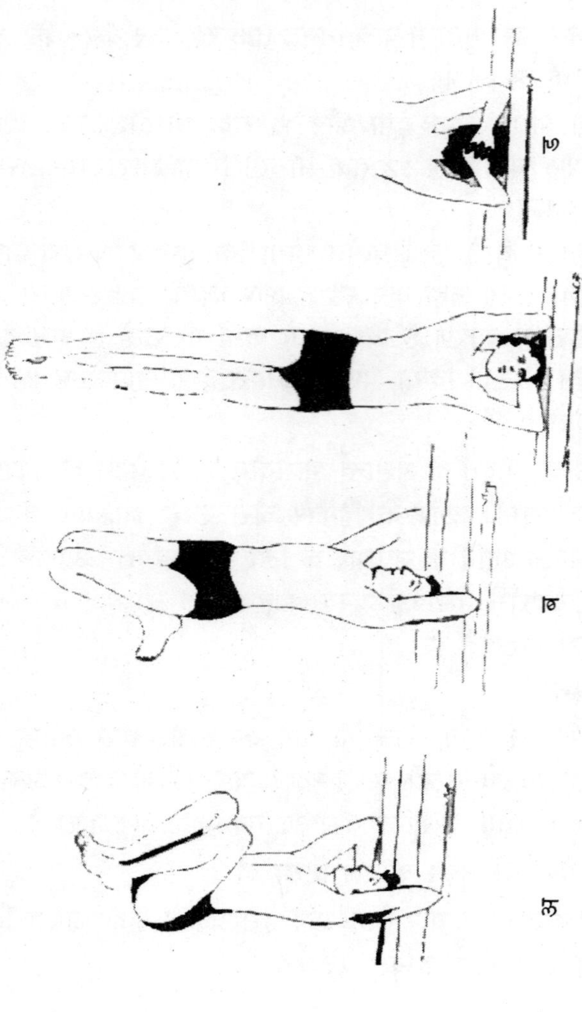

शीर्षासन

३. अपनी अंगुलियों को आपस में जकड़ लो और इस प्रकार कम्बल पर रखो कि आपस में गुंथी हुई अंगुलियाँ सिर के शीर्ष भाग को सहारा दे. अपनी कोहुनी को जमीन पर इस प्रकार रखो कि आपस में गुंथी हुई अंगुलियों से अंग्रेजी की 'वी' अक्षर बन जाय, जैसा कि चित्र (द) में है.

४.ध्यान रहे कि तुम्हारा सिर खोपड़ी के शीर्ष पर टिका हो नाकि माथे पर.

५. घुटनो को सिर के निकट लाओ, पैर के अंगूठे से जमीन पर ही दबाव रखे.

६. पैर के अंगूठे को जमीन से ऊपर उठाओ, और अपनी टांगे ऊपर की तरफ निकालो.

७. धीरे से उन्हें इस प्रकार ऊपर की तरफ ले जाओ कि वे उर्ध्व हो जाए और सिर से लेकर पैर तक पूरा शरीर एक सीधी रेखा में हो जाये. ध्यान रहे कि रीढ़ न घूमे बल्कि सीधी रहे (चित्र ब और स).

८. इसी मुद्रा में कुछ सैकेण्ड तक रहो और धीरे–धीरे श्वास लेती रहें.

९. टांगों को धीरे–धीरे क्रमशः नीचे लेती आओ. एकदम झटके से नीचे मत आओ

१०.शवासन दो मिनट तक करो.

प्रारम्भ में आप सफल नहीं होगी और गिर जाओगी. इसलिए इस स्थान को खुले स्थान में करो, जहाँ से सभी फर्नीचर हटा दिया गया और सुरक्षित दूरी पर हो. कम्बल के नीचे मोटा कालीन रखो, ताकि गिरने पर चोट न लगे. सावधानीपूर्वक,

अभ्यास द्वारा, आप शीघ्र ही शीर्षासन में दक्ष हो जाएंगी. प्रारम्भ में आपकी श्वास क्रिया अनियमित रहेगी, फिर बिना किसी झटके के, जब इस मुद्रा में आप अभ्यास में प्रगति करोगी, श्वास भी स्वतः नियमित और उत्तम होती जायेगी. नाक द्वारा बिना किसी अवरोध के सामान्य ढंग से सांस लो. एक सामान्य गलती जो अक्सर लोग करते हैं कि सिर को शीर्ष के बजाए माथे पर टिका देते हैं. यह बहुत खतरनाक है, क्योंकि गलत विधि से संतुलन करने पर रीढ़ मुड़ जाती है. अतः इस बात का पूरा ध्यान रहे कि सिर खोपड़ी के शीर्ष पर ही संतुलित हो.

लाभ : शरीर के एकदम उल्टे हो जाने से हृदय व सिर की ओर रक्त संचार तीव्रता से होता है. पूर्ण कपाल एवं सिर की शिराएं, रीढ़ स्तम्भ और छाती के सम्पूर्ण भाग में ताज़े रक्त का संचार होता है जो कि उन्हें पुष्ट बनाता है. यह बवासीर का भी उपचार करता है. कब्ज, कमजोर दृष्टि, सिर दर्द, बहरापन, उदरशूल, त्वचा की समस्याएं और दुर्गन्ध श्वास की समस्या का निवारण करता है. इससे स्मृति में भी विकास होता है और छात्रों, वकीलों, विचारकों और मस्तिष्क से काम लेने वाले सभी प्रकार के लोगों के लिए यह आसन लाभकारी है और काम के बोझ से उन्हें आराम मिलता है. रक्त शिराओं में भी रक्त संचार तीव्रता से होने लगता है जिससे वेरीकोज के रोग का भी उपचार हो जाता है. इससे स्मृति भ्रम और स्मृति दोष का भी लाभ होता है.

सावधान : यदि आप साइनाइटिस, कान के दर्द, हृदय रोग अथवा उच्च रक्तचाप से पीड़ित हैं तो किसी दक्ष चिकित्सक के निर्देश के बिना इस आसन का प्रयास कदापि न करें.

— ५ —

बंध और मुद्राएँ

"मित्रता, दया, प्रसन्नता और विषयों के प्रति अनासक्ति जो कि सुख, दुख, अच्छा और बुरा है, चित्त को शान्ति प्रदान करता है" – पातांजलि योगसूत्र.

बंध और मुद्राएं आसनों के विस्तृत शीर्षक में ही आ जाते हैं. यह उनके लिए अधिक मूल्यवान है जो कि आत्मिक उन्नति के प्रति अधिक इच्छुक है. सबसे अधिक लोक प्रसिद्ध और बहुप्रचलित उडयन बंध है.

उडयन बंध

१. टांगे एक फुट के अन्तर पर फैला कर सीधे खड़े हो जाओ.

२. अपने हाथ जंघाओ पर रख लो और अपना धड़ और शरीर के ऊपरी हिस्से को सामने की ओर धीरे से लाओ.

३. साँस पूरी तरह बाहर निकाल दो.

४.अपने पेट को सिकोड़ो और आंतो को ज़ोर से अन्दर की ओर खींचो ताकि वे ऊपर उठकर पीठ की ओर दब जाए.

५. 3–4 सेकेण्ड तक इसी मुद्रा में रहो.

६. पेट की माँसपेशियों को ढीला छोड़ दो और अपनी पहिले वाली स्थिति में पूर्ववत् आ जाओ.

लाभ : यह मुद्रा धड़ के आंत वाले भाग को पुष्ट बनाती है और आंत सम्बन्धी विकारों को दूर करती है.

जलंधर बंध

१. पद्मासन अथवा सिद्धासन मुद्रा में बैठो.

जलंधर बंध

२. गले को अन्दर की तरफ सिकोड़ो.

३. सिर को इस प्रकार झुकाओ ताकि ठोड़ी छाती को दबाए.

४. कुछ सैकेण्ड के बाद ठोड़ी को ढीला छोड़ दो.

लाभ : थॉयरॉड ग्रन्थि में स्फूर्ति आ जाती है और उसका कार्य नियमित हो जाता है. इस ग्रन्थि के अत्याधिक कार्य करने में शरीर विशाल हो जाता है और इसके सुस्त हो जाने से कद छोटा होकर बोने हो जाते हैं. इन ग्रन्थियों की कार्यप्रणाली को नियमित करने से सभी प्रकार की अस्वभाविक परिस्थितियों से बचा जा सकता है.

योग मुद्रा

१. पद्मासन मुद्रा में रीढ़ को सीधा तान कर बैठो.

२. धीरे धीरे सामने की ओर तब तक झुको जब तक माथा जमीन को न छू ले. नीचे झुकते समय सांस बाहर निकालो.

३. अपने हाथ पीठ के पीछे की ओर ले जाओ और दांयी कलाई को बाएं हाथ से पकड़ लें (चित्र अ).

अ

ब

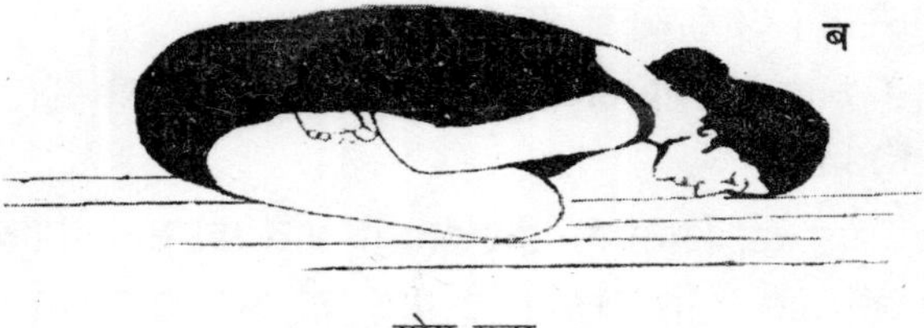

योग मुद्रा

४.10 से 15 सैकण्ड तक इसी मुद्रा में रहो.

५. सांस अन्दर की ओर खींचते हुए अपनी पुरानी सीधी मुद्रा में वापिस आ जाओ

६. 6 बार दोहराओ.

लाभ : यह मुद्रा आंतो और तिल्ली के सभी प्रकार के विकारों को दूर करता है. इस मुद्रा की एक और अलग विधि यह है कि कलाईयों को पकड़कर पद्मासन मुद्रा में ही, पीठ के बजाय ऊपर उठी पैर की ऐड़ियों पर रखो (चित्र ब). जैसे ही आप आगे की ओर झुकती हो पेट और आंतो के द्वारा कलाइयों पर दबाव पड़ता है. यह दबाव ही पुरानी कब्ज और अमाशय के ढीलेपन को दूर करती है.

नौली

पेट के निचले भाग के सभी अंगो का पुनर्गठन करके शक्ति प्रदान करता है. पेट के भाग में स्थित सभी मांसपेशियों का यह मंथन कर देता है, परन्तु इसे सही प्रकार से करने के लिए कई महीनों के अभ्यास की आवश्यकता है. यह क्रिया तीन चरणों में की जाती है. इसे प्रारम्भ करने से पूर्व उड्यन बन्ध में निपुण होना चाहिए, जोकि सबसे पहिले बताया गया था.

१. टांगे फैलाकर उड्यन बन्ध वाली मुद्रा में खड़े हो जाओ.

२. सामने की ओर थोड़ा झुको.

३. अपने हाथ अपनी जंघाओं पर रखो और सांस पूरी तरह बाहर निकालो.

४.अपने पेट को सिकोड़ो और अपनी आंत की मांसपेशियों को अन्दर की ओर खींचो ताकि वे पीठ की ओर दबाव दें.

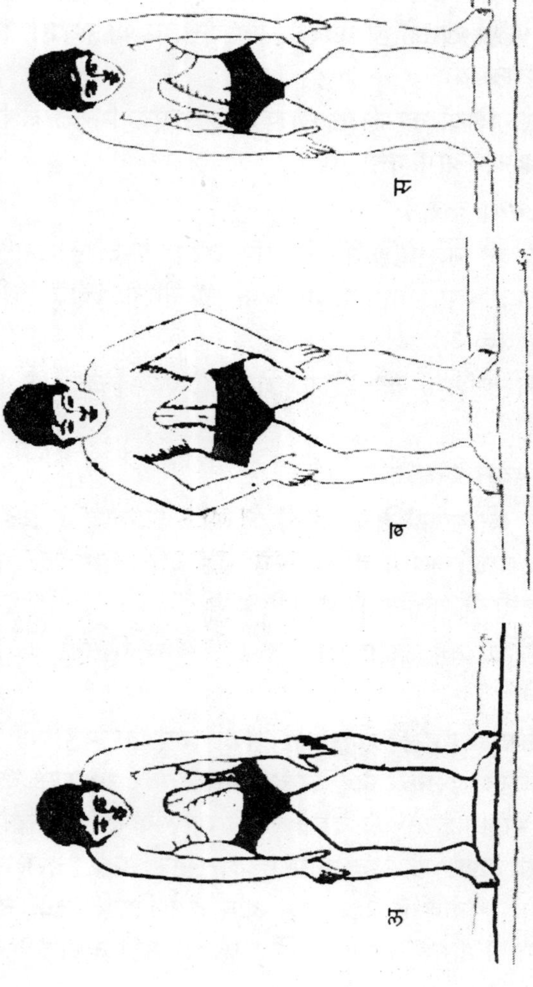

अ दक्षिण नौली

ब मध्यम नौली

स वामनौली

५. अब पेट की मांसपेशियों को दोनों ओर सिकोड़ो.

६. अब सभी मांसपेशियाँ पेट के केन्द्र में एकत्रित हो जाएंगी और दोनों पार्श्व खाली हो जाएंगे. यह केन्द्रीय या मध्यम नौली क्रिया है (चित्र ब).

7. सभी मांसपेशियों को ढीला छोड़ दो और एक मिनट के लिए (60 सैकण्ड) विश्राम करो.

8. उड्यन बन्ध करें.

9. अब पेट की मांसपेशियों को दांई तरफ सिकोड़े, जो अब खाली दिखाई देगा. यह दांयी तरफ भी नौली अथवा दक्षिण नौली है. (चित्र अ)

10. सभी मांसपेशियों को ढीला छोड़ दें, एक मिनट के लिए आराम करें.

11. अब उड्यन बन्ध करें.

12 अब पेट की मांसपेशियों को बांयी तरफ सिकोड़े. ताकि अब इस तरफ खाली स्थान हो जायेगा. यह बांयी भाग की नौली अथवा वामनौली कहलाती है. (चित्र स)

13. मांसपेशियों को ढीला छोड़ दें और कुछ मिनटों के लिए आराम करें.

यह क्रियाएं पहले प्रयास में सफलतापूर्वक नहीं की ज़ा सकती, बल्कि इसके लिए लम्बे समय तक अभ्यास करना पड़ता है. मांसपेशियों को दोनों तरफ और केन्द्र में सिकोड़ने में प्रशिक्षित करने के बाद आप इच्छानुसार उन्हें जिस तरफ चाहें सिकोड़ सकते हैं. जब तक आप इस स्थिति तक न आ जाओ, आपको अगले चरण के लिए प्रयास नहीं करना चाहिए.

इन मांसपेशियों को सिकोड़ने में दक्ष हो जाने के बाद, पहिले दांयी तरफ सिकोड़े, फिर दोनों तरफ और अन्त में बांयी तरफ सिकोड़ो. अब फिर दोनों तरफ उसके बाद दांयी तरफ सिकाड़ो. सिकोड़ने की यह क्रिया लगातार होनी चाहिए और इसमें किसी प्रकार की रूकावट नहीं होनी चाहिए, ताकि यह एक ऐसी क्रिया का आभास हो जिसमें एक गेंद पेट के भीतर दोनों तरफ लुढ़क रही हो. इस क्रिया में दक्षता 18 से 24 महीनों के अभ्यास के बाद ही आ सकती है.

लाभ : यह अभ्यास जिगर, प्लीहा, पक्वाश्य, बड़ी आंत और आंतमुख के विकारों के उपचार के लिए प्रमुख है. इससे गुर्दे भी पुष्ट हो जाते हैं और नियमित रूप से कार्य करने लगते हैं.

जब आप उड्यन और नौली क्रिया का अभ्यास करें, तब इस बात को सुनिश्चित कर लें कि आपने 4 घंटे से कुछ भी खाया या पिया नहीं हो. प्रातःकाल का समय सर्वोत्तम होता है.

— ६ —

प्राणायाम

"नियमित प्रयास करने वाला व्यक्ति प्राण को नियंत्रित रखता है और जब वो निश्चल हो जाता है, तब नथुनों द्वारा श्वास बाहर निकालता है। अध्यवसायी ऋषि अपनी बुद्धि को उसी प्रकार नियंत्रित रखता है जैसे एक सारथी चंचल घोड़ों को रखता है".......श्वेताशर उपनिषद

प्राणायाम का अर्थ है नियमित करना, अथवा प्राण को नियंत्रित करना. आमतौर से लोग प्राण का तात्पर्य सांस से लेते हैं, परन्तु ऐसा नहीं है. यह सांस से भी अधिक तेजस्वी, अधिक गूढ़ और शक्तिशाली है. अंग्रेजी भाषा में 'प्राण' के समानार्थक कोई भी शब्द नहीं है. यह वह सार्वभौमिक शक्ति या फिर जीवन शक्ति है जो कि सम्पूर्ण सृष्टि को अपने अन्दर समेटे हुए है. यह जीवन के सभी रूपों में पाई जाती है – पशु, वनस्पति, कीट, पक्षी, जीवित पदार्थ और पृथ्वी के प्रत्येक कण कण में व्याप्त है. यह वह शक्ति है जो हवा को उसके गुण, मनुष्य को उसका जीवन और पानी, उसकी संपोषण शक्ति प्रदान करती है. इसकी व्याख्या किसी एक शब्द से नहीं हो सकती. यह वह है जो ब्रह्मांण्ड को चलायमान रखती है. यह मनुष्य को सोचने, अनुभव करने, क्रिया करने, श्वास लेने और

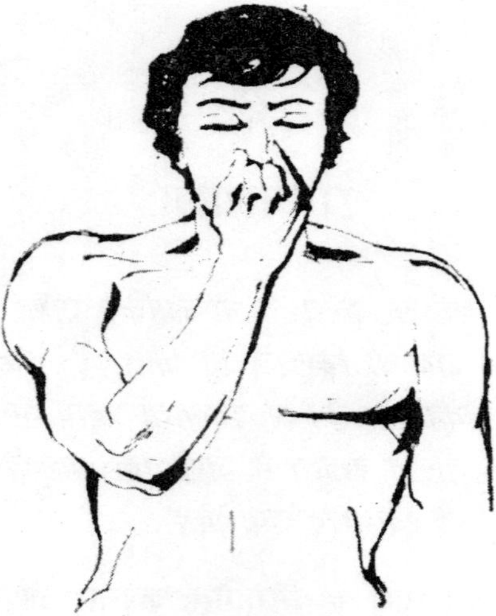

प्राणायाम में उंगलियों की स्थिति

प्रत्येक कार्य करने एवं कोई भी कार्य करने की क्षमता प्रदान करती है. प्राण सभी प्रकार के जीवन और गतिविधियों की अभिव्यक्ति है.

यह सुप्त है या जाग्रत, यह मनुष्य के विकास की अवस्था पर निर्भर करता है. व्यक्ति जितना अधिक विकसित होगा उतना ही वह अपने विचारों, शब्दों, और गतिविधियों द्वारा प्राण की अभिव्यक्ति में सक्रिय और शक्तिशाली होगा.

आकाश प्राण के बहुत अधिक समकक्ष है. आकाश सम्पूर्ण सृष्टि में व्याप्त है. सभी प्रकार के स्थूल, तरल, गैसों तथा पदार्थ एवं ऊर्जा के सभी रूप आकाश के कारण हैं. प्राण ही वह

शक्ति है जो आकाश को सभी में व्याप्त करता है. ऊर्जा के सभी रूप – विद्युतीय, चुम्बकीय, यांत्रिक, ऊष्मा गतिपूर्ण व गतिहीन – सभी प्राण की अभिव्यक्ति ही हैं.

सृष्टि के प्रारम्भ में, यहं प्राण ही हैं जिसने आकाश को ब्रह्माण्ड संरचना की सृजनात्मक शक्ति प्रदान की. इस चक्र के अन्त में, यह प्राण ही है जिसके न रहने पर सम्पूर्ण सृष्टि ही शून्य में विलीन हो जायेगी. इसीलिए प्राण एक महान शक्ति है जो सभी कुछ रचती है. अतः प्राणायाम इस अद्भुत असीम, सर्वशक्तिमान शक्ति अर्थात् प्राण का ही नियंत्रण है. यह प्राण एक बार नियमित होकर पूर्णतः नियंत्रित हो जाये तो मनुष्य के भीतर का देवत्व अपनी भव्य शक्तियों के साथ प्रकट होगा. परमात्मा के सभी दूत, जिन्होंने चमत्कार दिखाए, यह सब करने में इसलिए सफल हो सके, क्योंकि उन्होंने प्राण का रहस्य जान लिया था. सिद्धयोगी वही हुए, जिन्होंने प्राण जो कि उनके भीतर स्थित है – के रहस्य जान लिये थे. इसीलिए एक श्रेष्ठ योगी सर्वशक्तिमान होता है. उसने प्राण के रचनात्मक रूप को नियोजित करने के नियम को खोज लिया है. सभी व्यक्ति जो ज्योतिषज्ञ, चिकित्सक शामक या फिर निस्वार्थ समाजसेवी के रूप में सफल हुए, वही हैं जो अपने अभ्यास द्वारा, अथवा अनजाने ही, प्राण की कार्यशैली को समझ गए. वे इसके विषय में जानकारी रखते या फिर अनजान भी हो सकते हैं. इससे यह स्पष्ट होता है कि प्राण क्या है और प्राणायाम किसी भी व्यक्ति द्वारा प्राण का नियंत्रण है जो उसकी सुप्त रचनात्मक शक्तियों को प्रकाशित करता है.

प्राणायाम कई प्रकार के होते हैं और इस प्रकार की पुस्तक उनकी विशद व्याख्या नहीं कर सकती है. केवल एक गुरु ही उसे व्यक्तिगत रूप से सिखा सकता है.

स्नायुतंत्र प्रणाली काफी सीमा तक श्वास प्रणाली से जुड़ी हुई है. आपने ध्यान दिया होगा कि जब कोई व्यक्ति किसी गणितीय समस्या में ध्यान मग्न हो या फिर कोई कलाकार आपने कार्य में डूबा हुआ हो तो उसकी श्वास प्रक्रिया एकदम परिष्कृत और बिना किसी रूकावट के लगातार होती रहती है. आपने यह भी ध्यान दिया होगा कि व्यक्ति जब बेचैन, क्रुद्ध या परेशान होता है तो उसकी श्वास प्रक्रिया भारी और ऊपर नीचे होती रहती है. यह इसलिए है क्यांकि मस्तिष्क की दशा श्वास प्रक्रिया से जुड़ी हुई है. जब मस्तिष्क अशान्त घबराया या फिर चिन्तित होता है, उसकी श्वास प्रक्रिया अनियमित हो जाती है, और वह बहुत कम काम कर पाता है. एक अशान्त व्यक्ति किसी भी सौंपे गए कार्य को ठीक प्रकार नहीं कर पाता है, ना ही किसी समस्या को, जो कि उसे परेशान कर रही है, का समाधान खोज पाता है. उसका मस्तिष्क और उसके विचार अनियमित, और इधर उधर सभी दिशाओं में बिखर जाते हैं जिनका परिणाम शून्य ही निकलता है. उनकी श्वास प्रक्रिया भी अव्यवस्थित हो जाती है. इसके विपरीत यदि आप ऐसी परिस्थिति में, श्वास प्रक्रिया को नियमित कर सके तो उससे मस्तिष्क की शक्ति, एक दिशा में लय युक्त हो जायेगी और जिन समस्याओं पर ध्यान देने की आवश्यकता है, उन्हें सुलझाने में वह एक दिशा में रचनात्मक रूप से एकाग्र हो सकता है. व्यक्ति जब एक बार शान्त चित्त

होकर स्पष्ट रूप में सोचता है तो चाहे कैसी भी समस्या क्यों न हो, उसके लिए एक व्यवहारिक समाधान खोज सकता है. अतः हम यहाँ स्पष्ट देख सकते हैं कि मस्तिष्क और श्वास प्रक्रिया आपस में कितने जुड़े हुए हैं.

श्वास प्रक्रिया यद्यपि प्राण नहीं है फिर भी बहुत महत्वपूर्ण है, सभी प्राणियों के प्राणों में एक बहुत ही शक्तिशाली अभिव्यक्ति है. बस चूंकि इसे सुचारू कार्य करने के लिए सही रूप से प्रशिक्षित नहीं किया गया, अतः मनुष्य इसको अपने भीतर की क्षमता के अधिकतम लाभ को परिष्कृत करने में असफल हो जाता है.

प्राणायाम का मुख्य उद्‌देश्य सामान्य श्वास प्रक्रिया को व्यवस्थित करना और उसको संतुलित करना है. यह तब ही सम्भव है जब हम अपनी दैनिक जीवनचर्या में प्रतिदिन कुछ मिनट प्राणायाम अभ्यास के लिए निर्धारित करें।

नाड़ी–शोधन

यह एक आसान विधि है जिसके आश्चर्यजनक परिणाम मिलते हैं. कम से कम तीन महीनों के बाद ही हम इसके परिणाम की सम्भावना कर सकते हैं, परन्तु कई बार कई लोगों को इसका अनुभव इससे पहिले भी हो जाता है.

१. पद्‌मासन या सिद्धासन की मुद्रा में बैठो. रीढ़, गर्दन और सिर को एक सीधी रेखा में तान कर रखो.

२. अपना दाएं नथुने को अंगूठे से बन्द करो और अपनी क्षमता के अनुसार बायें नथुने से धीरे–धीरे सांस लो. बिना रूके या

अन्तराल के बिना बायें नथुने को मध्यमा और कनिष्ठा अंगुलियों से बन्द करते हुए, दायें नथुने से सांस बाहर निकालो.

३. फिर दायें नथुने से सांस अन्दर की ओर खींचो और बिना रूके, बायें नथुने से बाहर निकालो.

यह प्राणायाम का एक पूरा चक्र है. सांस लेना और निकालना शुरू में असंतुलित और झटकेदार हो सकता है, परन्तु एक सप्ताह के भीतर ही यह संतुलित और व्यवस्थित हो जाता है.

इसे बिना रूके तीन बार दुहराओ. यह पूरी प्रक्रिया लगातार होनी चाहिए. इसे प्रातः और सायंकाल करो. यद्यपि यह बहुत सरल है परन्तु प्राणायाम मस्तिष्क में बहुत परिवर्तन लाता है. यह आराम और शान्ति प्रदान करता है. यह तनाव, डर और चिन्ता को मिटा देता है. चिन्तन शक्ति को स्पष्ट बनाता है. यह सर्वोत्तम एवं एकदम हानिकारक शामक (स्नायु तंत्र को शान्त करने वाला) है. नाड़ियों अर्थात् स्नायुतंत्र को 3 माह के भीतर ही निर्मल कर देता है. वास्तव में महान ऋषि आदिशंकराचार्य ने भी इसे स्नायुतंत्र को निर्मल करने और अन्य किसी भी प्रकार के प्राणायाम को प्रारम्भ करने से पूर्व का प्रथम चरण कहा है. महर्षि अरविन्द ने अनुभव किया कि प्राणायाम के अभ्यास के बाद वे आधे घंटे के भीतर ही प्रकृतिस्थ हो जाते थे जबकि पहिले वे एक महीने में कविता समाप्त कर पाते थे. भौतिक रूप में प्राणायाम द्वारा चेहरे की कान्ति निर्मल हो जाती है और आभायुक्त दिखने लगती है. इससे आवाज भी मृदुल

और मधुर हो जाती है और शरीर भी हल्का फुल्का अनुभव करने लगता है.

सुखपूर्वक

१. पद्मासन अथवा सिद्धासन की मुद्रा में सिर, गर्दन और धड़ को सीधा रखकर बैठो.

२. दायें अंगूठे से दायें नथुने को बन्द कर लो.

३. बाएं नथुने द्वारा धीरे–धीरे सांस लो, उसे मध्यमा व कनिष्ठा अंगुली द्वारा बन्द कर दो.

४.जितनी देर तक सुविधापूर्वक सांस रोक सकते हो, रोको. किसी भी दशा में अपने ऊपर जबरदस्ती मत करो.

५. दायें नथुने द्वारा धीरे–धीरे सांस बाहर निकालो.

६. अब दायें नथुने द्वारा उसी प्रकार सांस लो जैसे बायें नथुने से ली थी और बाएं नथुने से बाहर निकालो.

इस प्राणायाम का यह पूरा चक्र है. 10 सैकेण्ड के अन्तराल में इसे तीन बार दोहराओ.

सांस भीतर लेते समय, प्रेम के सभी सुन्दर गुण, सन्तोष, करूणा, साहस, बुद्धि और दया को अपने भीतर प्रवेश करता अनुभव करो. जब सांस बाहर निकालते हो तो यह अनुभव करो कि तुम अपने व्यक्तित्व से सभी प्रकार के अवांछनीय दुर्गुण जैसे क्रोध, घृणा, ईर्ष्या, शत्रुता, चिड़चिड़ापन, लोभ आदि को बाहर निकाल रहे हो.

जब आप इस प्राणायाम को आराम से पूरा करना सीख लेते हो तो सांस भीतर लो, रोको और बाहर निकालो. 1:4:2 की

इकाई में अर्थात् सांस को 2 की गिनती तक अपने भीतर लो, 8 की गिनती तक रोको, फिर 4 की गिनती तक बाहर निकालो

यह प्राणायाम नाड़ी को शुद्ध करता है, विचारों की स्पष्टता में सुधार लाता और एकाग्रता की क्षमता बढ़ाता है.

भास्तृका

१. पद्मासन मुद्रा में सीधे बैठो.

२. 10 मिनट तक दोनों नथुनों से जल्दी जल्दी सांस अन्दर खींचो और बाहर निकालो.

३. गहरी सांस लो और दोनों नथुनों को बन्द करके राको.

४.अपने फेफड़ों पर बिना किसी प्रकार का अवांछनीय जोर डाले, जब तक सम्भव हो सांस को भीतर रोको.

५. सांस पूरी तरह बाहर निकालो. यह एक प्राणायाम है.

६. हर प्राणायाम के बीच 15 सैकेण्ड के अन्तराल में 3 बार दोहराओ.

७. इस बीच मुंह पूरी तरह बन्द रखो. प्रारम्भ में 4 या 5 बार जल्दी–जल्दी सांस लेना व निकालना आपको थका सकता है. लेकिन धीरे–धीरे अभ्यास के द्वारा आप इसे 20 बार तक कर सकते हैं.

यह प्राणायाम फेफड़ों का पूरी तरह व्यायाम कराता है. श्वास नली के विकारों एवं बलगम को समाप्त कर देता है. फेफड़ों को पर्याप्त मात्रा में आक्सीजन उपलब्ध कराता है. यह शरीर में गर्माहट भी लाता है और भूख बढ़ाता है.

सूर्यभेद

१. पद्मासन मुद्रा में, सिर, गर्दन और रीढ़ को सीधा रखकर बैठो.

२. मुंह बन्द करके नथुनों द्वारा गहरी सांस लो.

३. अंगूठे मध्यमा और कनिष्ठा अंगुली की सहायता से नथुनों को एक तरफ बन्द करो.

४.धीरे–धीरे अपना सिर आगे झुकाओ, अपनी ठोड़ी को छाती की ओर दबा दो. (जलंधर बंध में इसे पहिले बताया जा चुका है)

५. अपने पेट के निचले भाग को सिकोड़ते हुए पेट द्वारा फेफड़ों में हवा खींचो.

६. 6 सैकेण्ड की गिनती तक, ठोड़ी को उसी स्थिति में रखते हुए, फेफ़डों में हवा को रखो.

७. धीरे–धीरे अपनी ठोड़ी को छाती के ऊपर उठाते हुए सांस बाहर निकालो. यह एक प्राणायाम है.

6 सैकेण्ड का अन्तराल रखते हुए इसे 3 बाहर दोहराओ.

यह पाचनक्रिया को उद्दीप्त करता और पसलियों व फेफ़ड़ों को सुदृढ़ बनाता है. सभी प्रकार के प्राणायाम में आप जिस प्रकार सांस रोकते समय नथुनों को बन्द करते हो वह बहुत महत्वपूर्ण है.

हमेशा दायें नथुने को बन्द करने के लिए दायें अंगूठे का प्रयोग करो, बायें नथुने को बन्द करने के लिए दायें अंगूठे का प्रयोग करो.

जो लोग प्राणायाम करते हैं प्रारम्भ में उन्हें फेफ़डों और छाती की मांसपेशियों में दर्द अनुभव होता है. इसका कारण है कि उन्होंने आयुपर्यन्त इन अंगों का किसी भी प्रकार का व्यायाम नहीं किया. ऐसे लोगों को प्रारम्भ में प्रतिदिन के हिसाब से धीरे–धीरे केवल एक प्राणायाम तब तक करना चाहिए, जब तक उनकी छाती व फेफड़े शक्ति प्राप्त कर सक्षम न हो जायें. बहुत धीरे–धीरे इन्हें इनकी संख्या बढ़ानी चाहिए, ध्यान रहे कि अतिउत्साह हानिकारक हो सकता है. गलत विधि से प्राणायाम करने पर कान, आंख में विकार, सिर में दर्द, हिचकियां व खांसी की समस्या हो सकती है. यदि ऐसा कोई भी चिह्न दिखाई दे तो अभ्यास रोक दें और किसी कुशल व्यक्ति से, जो कि प्राणायाम के सम्बन्ध में जानकारी रखता हो, पूछे. 'हठयोग प्रदीपिका' के अनुसार सही ढंग से किया गया प्राणायाम रोगों के विरूद्ध वरदान होता है, परन्तु यदि गलत विधि से किया जाये तो स्नायुतंत्र और शारीरिक प्रणाली में कई भयंकर विकार उत्पन्न हो जायेंगे.

— ७ —

तुम जो खाते हो

"अब तुम समझो कि एक संतुलित भोजन क्या और कैसे लाभ अपने साथ लाते हैं. सबसे पहिले तो तुम उत्तम स्वास्थ्य का ही आनन्द प्राप्त करोगे." – होरेस

तुम वही हो जो भी तुम खाते हो. तुम्हारे शरीर में जो भी जाता है, वह तुम्हारी सम्पूर्ण आचरण प्रणाली को प्रभावित करता है. तुम जो कुछ भी खाते हो, वह केवल तुम्हारे भौतिक और जैविक शरीर को ही प्रभावित नहीं करता, अपितु तुम्हारे मस्तिष्क, स्नायुतंत्र और विचारधारा पर भी उसका प्रभाव स्पष्ट लक्षित होता है.

भोजन के दो उद्‌देश्य हैं. यह शरीर का विकास शैशवावस्था से युवावस्था और वृद्धावस्था तक करता है. शरीर को स्वस्थ रखता है और शारीरिक एवं मानसिक स्तर पर ऊर्जा प्रदान करता है.

भोजन शरीर तंत्र की प्रणाली को कितना प्रभावित करता है, यह हम तब ही समझ सकते हैं जब अपने चारों ओर फैली प्रकृति को हम निहारें. गाय, एक अत्यन्त विनीत प्राणी, केवल घास और भूसे पर ही जीवित है. सिंह जो कि क्रोध और उग्रता का प्रतीक है माँस पर जीवित है. इसका अर्थ यह

कदापि नहीं है कि माँसविहीन भोजन उतनी शक्ति प्रदान नहीं कर सकता, जैसा कि माँसाहार. हाथी भी शाकाहारी है, परन्तु उसकी शक्ति पर भला कौन सन्देह कर सकता है ? परन्तु अपनी असीम शक्ति के बावजूद वह उग्र नहीं होता, जब तक उसे उत्तेजित न किया जाए, वह शान्त और सन्तुष्ट रहता है. अतः हम यह निष्कर्ष निकाल सकते हैं कि भोजन का भौतिक शरीर की अपेक्षा मानसिक शरीर पर अधिक प्रभाव पड़ता है जो कि हमारे रक्त में जाता है, उसकी प्रतिक्रिया में मस्तिष्क अधिक संवेदनशील होता है और अप्रत्यक्ष रूप में हमारी विचारधारा में भी, जो कि मस्तिष्क का ही उत्पाद होता है. सादा पौष्टिक भोजन मस्तिष्क को अपेक्षाकृत अधिक स्पष्ट और शान्त रखता है. अत्याधिक मसाले वाला भोजन, बैचेनी की ओर ले जाता है जबकि बासी भोजन मस्तिष्क को निष्क्रिय बना देता है.

संसार की सभी संस्कृतियाँ जो विभिन्न प्रकार के प्रहारों से अभी तक बची रहीं, चावल खाने वाली थी. भारत, चीन, जापान, विचारों के लगातार प्रहारों के बाद भी आज भी जीवित और तेजस्वी हैं तो केवल अपने विचारों के कारण ही. विचार मनुष्य को बनाते हैं और मनुष्य राष्ट्र का निर्माण करते हैं. विचार जैसा कि हमने देखा, उस भोजन पर ही निर्भर हैं जो कि हम खाते हैं. सर्वोत्तम विचारक और सर्वाधिक गूढ़दर्शन जिन्होंने राष्ट्र के लोगों को आपस में बांधकर रखा, सदैव पूर्व में ही उत्पन्न हुए. मस्तिष्क और आत्मा की समस्याएं जिनके निवारण के लिए पश्चिम के देश निरन्तर जूझ रहे हैं, पूर्वी दर्शन द्वारा शान्तिपूर्वक निष्पादित करके समाप्त कर दी गई है.

हमारे अपने देश में, प्राचीन ऋषियों ने, भोजन के लिए नियम निश्चित किये थे. ये नियम मनुष्य के भीतर देवत्व के प्रकाशित करने के उद्‌देश्य से बनाये गये थे. इनका उद्‌देश्य मनुष्य मस्तिष्क के भीतर के अंधेरे में छिपी वासनाओं, अथवा मानसिक परिवर्तन, जो कि मनुष्य के भीतर शैतान को बाहर लाने की प्रतीक्षा में हैं, को समाप्त करना भी था. भोजन में मुख्य रूप से फल, कन्द और सभी प्रकार के प्राकृतिक उत्पाद होते हैं जिससे किसी प्रकार की हिंसा न जुड़ी हो.

सभी प्रकार का भोजन अथवा आहार तीन वर्गों में आता है – सात्त्विक, राजसिक और तामसिक. इस वर्गीकरण को जानने के लिए हमें इनका अर्थ समझना होगा. भगवान श्री कृष्ण ने अपने अमर उद्‌बोधन भगवद्‌गीता के 14वें अध्याय में स्पष्ट किया है – "सत्त्व, रजस और तमस तीन गुण हैं जो प्रत्येक प्राणी में पाये जाते हैं. सत्त्व पवित्र और प्रभायुक्त होता है, रजस इच्छा और लोभ द्वारा प्रचलित होता है एवं तमस भ्रम, अज्ञान, आलस्य और निंद्रा का संदेश देता है.

ये तीन गुण मनुष्य के चरित्र को प्रभावित करने की शक्ति रखते हैं.

जब सत्त्व प्रबल होता हैं तब ज्ञान की इच्छा होती है, लोभ समाप्त हो जाता है और उत्तम जीवन जीने की प्रेरणा होती है. दूसरी ओर रजस द्वारा शासित प्रकृति में, मनुष्य महत्वाकांक्षा और अन्तहीन इच्छा द्वारा प्रेरित होता है, मुख्य उद्‌देश्य इन्द्रियों का तुष्टिकरण होता है जिसे प्राप्त करने के लिए मनुष्य अपने को क्रिया में लगातार व्यस्त रखता है. तामसिक

व्यक्ति में इच्छा के ऊपर आलस्य, अज्ञान और नकारात्मक बुद्धि शासन करती है. किसी भी प्रकार का कठिन परिश्रम करने की उसकी इच्छा नहीं होती, बल्कि मनुष्य निष्क्रिय होकर अपना समय बर्बाद करता और शक्ति नष्ट करता है.

अध्याय–7 (श्रीमद्भागवद्गीता) द्वारा हमें ज्ञान होता है कि किस प्रकार हम एक प्रकार के भोजन से दूसरे में अन्तर करें.

सभी प्रकार के भोजन, जो दीर्घायु बढ़ाते, स्वच्छ, हल्के–मीठे अथवा नमकीन, पुष्टिवर्द्धक और आनन्द व सुख को बढ़ाते हैं, सात्त्विक होते हैं. ये अधिकतर रसदार और तैलीय होते हैं. दूध और दूध से बनी वस्तुएं, अन्न, गिरी, दालें, फल, कन्द और सब्ज़ियाँ सात्त्विक होती हैं. ये पाचन क्रिया पर भारी नहीं होते, बल्कि उसकी कार्यप्रणाली और दशा में सुधार लाते हैं.

राजसिक भोजन में अत्याधिक तीखा अथवा खट्टा, तिक्त, नमकीन, तेज़ गर्म, मसालेदार और सूखा, भोजन करने वाले में और अधिक खाने की लालसा पैदा करता है. ये सब रोग और कष्ट की ओर ले जाते हैं. अत्याधिक मसालेदार, गरिष्ठ भोजन से अपच, जलन, पाचनक्रिया के अंगों में विकार आ जाता है, जिससे स्वास्थ्य खराब हो जाता है. इससे और अधिक की लालसा भी जाग्रत हो जाती है, जो कि अन्त में भ्रम और कष्ट की ओर ले जाती है.

तामसिक भोजन बासी, स्वादरहित, दुर्गन्धपूर्ण, खराब, बचा हुआ और गन्दा होता है, जो भी भोजन पकाने के तीन घंटे के बाद खाया जाये तामसिक कहलाता है.

हम बड़ी आसानी से देख सकते हैं कि बुद्धि से काम लेने वाले बुद्धिजीवी और जो लोग सन्तुष्ट जीवन जीते हैं, सादा

भोजन जो कि सात्त्विक होता है, पसन्द करते हैं. तमिलनाडु में एक लोकोक्ति प्रचलित है, ''कुंभकोणम के निवासी सर्वोत्तम बुद्धिमान होते हैं''. 'कुंभकोणम अय्यर' शब्द के प्रयोग का अर्थ है कि यह व्यक्ति अत्यन्त बुद्धिमान और विवेकपूर्ण है. यह क्षेत्र दक्षिण का धान का भंडार है यहाँ रहने वाले सभी लोग केवल चावल व सब्जी खाते हैं. देश के सर्वोत्तम बुद्धिमान लोग इसी क्षेत्र के होते हैं.

जो लोग पुलिस और सेना में कार्यरत हैं अथवा धनवान व्यापारी और सफल प्रशासक एवं जीवन की अंधी दौड़ में लगे हुए हैं उनमें अक्सर विजय की इच्छा अथवा धन की लालसा की सामान्य प्रवृत्ति होती है, वे अक्सर गरिष्ठ भोजन और सुरापान पसन्द करते हैं, इसमें राजस का आधिपत्य होता है.

तामसिक भोजन मुख्यतः श्रमिक वर्ग द्वारा पसन्द किया जाता है जो कि अक्सर बासी व बचा हुआ भोजन करते हैं. दुर्भाग्यवश ये लोग न तो सुखी हैं ना ही महत्वाकांक्षी, जीवन के उच्च आदर्शों के प्रति उदासीन, आलस्य से भरे, एक उद्‌देश्यहीन जीवन की दौड़ में लगे हैं.

योग के विद्यार्थियों के लिए सात्त्विक भोजन ही निश्चित है. इससे मस्तिष्क की बेचैनी समाप्त होती है साथ ही यह शरीर को स्वस्थ रखती व शक्ति प्रदान करती है. यदि हम भोजन का महत्त्व जानना चाहते हैं तो हमें आहार विज्ञान के सम्बन्ध थोड़ा ज्ञान प्राप्त करना होगा और यह जानना होगा कि विविध प्रकार के पोषक तत्त्व हमारे शरीर के विभिन्न अंगों को किस प्रकार प्रभावित करते हैं.

आहार विज्ञान

भोजन के दो मुख्य उद्‌देश्य हैं, शरीर का निर्माण ओर शरीर में उचित तापमान बनाये रखना.

प्रोटीन, खनिज पदार्थ और जल का काम शरीर का निर्माण और क्षत कोशिकाओं की मरम्मत करना है. कार्बोहाइड्रेट और वसा शरीर के तापमान को बनाये रखते और उसके विविध कार्य व्यापारों के लिए ऊर्जा उत्पन्न करते हैं. शरीर के सभी प्रकार के अनिवार्य कार्यों के निर्वाहन के लिए विटामिन आवश्यक है. सात्त्विक भोजन में यह सभी तत्त्व विद्यमान होते हैं, इसलिए माँस मछली अथवा अंडे जैसा मांसाहार शरीर को स्वस्थ और पुष्ट बनाने के लिए कदापि आवश्यक नहीं है.

प्रोटीन शरीर के स्थूल पदार्थ, मांसपेशियों, विभिन्न अंगों और अन्तःस्रावी ग्रन्थियों का निर्माण करती हैं. प्रोटीन विविध प्रकार के अमीनोएसिड की एक श्रृंखला द्वारा निर्मित होता है जो कि कोशिकाओं के निर्माण और स्थानापन्न के लिए आजीवन सामग्री प्रस्तुत करते हैं.

चावल, गेहूँ, जौ, रागी, मक्का, बाजरा, गिरियाँ, दूध और कुछ सब्जियों से प्रोटीन प्राप्त होता है. चावल बहुत आसानी से पच जाता है और ठंडा भी होता है. लेकिन यदि चावल बहुत अधिक पालिश किया गया हो या फिर पकाने से पूर्व उसे खूब धोया गया हो तो उससे कब्ज़ की शिकायत हो जाती है. चावल खाने वाले अक्सर बुद्धिमान होते हैं. गेहूँ पचने में बहुत कठिन होता है और उसकी प्रकृति भी उष्ण होती है. यह शरीर के निर्माण में सहायता प्रदान करता और शरीर को पुष्ट और

शक्तिशाली आकार प्रदान करता है. मधुमेह से पीड़ित व्यक्तियों के लिए यह एक अच्छा स्थानापन्न है. बिना पालिश किये गए चावल में काफी रेशा होता है जो कि शौच प्रक्रिया में सहायक होता है. दालें (मूंग, उड़द, चना, अरहर) प्रोटीन का सर्वोत्तम स्रोत हैं. प्रोटीन की कमी से गर्भपात, खून की कमी, और समय से पूर्व प्रसव की सम्भावना होती है. इसकी कमी होने पर शिशुओं में क्वाशीओरकर रोग हो जाता है. इसकी कमी से विकास में बौनापन, रोगों के प्रति प्रतिरोधात्मक शक्ति कम हो जाती है. इसकी अधिकता गुर्दों के लिए हानिकारक होता है.

कार्बोहाइड्रेट शरीर में ऊर्जा उत्पन्न करने के लिए आवश्यक होते हैं. यह ऊर्जा की क्षत कोशिकाओं की मरम्मत के लिए प्रोटीन व वसा का प्रयोग सम्भव बनाती है. सभी प्रकार के स्टार्चयुक्त पदार्थ और चीनी में कार्बोहाइड्रेट होता है. कार्बोहाइड्रेट की अधिकता को शरीर में भंडारित किया जा सकता है. यह चावल, आटा, आलू, शकरकन्दी, फलों की चीनी, गुड़ और सभी प्रकार की मीठी वस्तुओं और दूध में विद्यमान होता है. कार्बोहाइड्रेट की अधिकता से उदरवायु का विकास हो जाता है और कमी से थकावट, स्वास्थ्य में गिरावट और निरन्तर अस्वस्थता बनी रहती है.

वसा कार्बोहाइड्रेट के समान होती है परन्तु इसमें अपेक्षाकृत आक्सीजन कम और कार्बन व हाइड्रोजन अधिक मात्रा में होता है. वसा ऊर्जा का एक ऐसा संकेन्द्रित स्रोत है जो सभी अंगों के चारों ओर गद्दी बनाकर उन्हें आघात से बचाता है, स्नायुतंत्र की रक्षा करता है, शरीर को ऊष्मारोधी बनाता है,

आतंड़ियों को चिकना रखता है और भूख को मंद करता है. यह गिरियों, मक्खन, दूध, सोयाबीन, मटर जेसे अन्न और वनस्पति तेल में मिलता है.

विटामिन शरीर की एक महत्त्वपूर्ण आवश्यकता है ये उसकी कार्य करने की क्षमता की वृद्धि में सहायक होता है. विटामिन की कमी से रोग घेर लेते हैं और पूरी प्रणाली में तरह–तरह के संक्रमण हो जाते हैं.

इनकी खोज 19वीं शताब्दी में बहुत देर बाद हुई, जब एक डच जीव वैज्ञानिक डा. जिकमान ने यह पता लगाया कि जो आदिवासी पालिश किया चावल खाते हैं उन्हें बेरी बेरी रोग हो जाता है और चावल के साथ भूसी मिलाकर खाने देने पर उनकी रोकथाम हो जाती है. इस खोज के बाद उन्होंने लिखा "चावल की पालिश के अवशेषों में कुछ ऐसे तत्त्व विद्यमान हैं जो कि प्रोटीन, वसा और लवण से अलग हैं, साथ ही स्वास्थ्य के लिए आवश्यक हैं, जिसकी कमी पोषण सम्बन्धी बहुतंत्रिका शोथ का कारण बनती है." विटामिन सभी को स्वस्थ नहीं कर सकते हैं, परन्तु विशेष प्रकार शारीरिक प्रणाली के लिए बहुत महत्त्वपूर्ण होते हैं. अब हमें संश्लेषित रूप में विटामिन उपलब्ध होते हैं, परन्तु प्रकृति द्वारा हमें सर्वोत्कृष्ट रूप प्राप्त होते हैं.

विटामिन 'ए' पानी में घुलनशील और क्लोरोफिल में उपलब्ध होता है. यह सभी प्रकार की हरी पत्तियों, पीली सब्ज़ियों और दूध में विद्यमान होता है. यह पालक, शलजम, गाजर, शकरकन्दी, कद्दू, खुबानी और खरबूजे में मिलता है. यह

नेत्रज्योति की रक्षा के लिए, बलग़म निस्तारण के लिए और संक्रमण प्रतिरोधात्मकता के लिए बहुत आवश्यक होता है. अस्थिपंजर और दांतों के विकास के लिए भी यह आवश्यक होता है. इसकी कमी से रात्रि–अन्धता, नासिका के भीतर संक्रमण और कोटर शोथ (साइनाटिस) हो जाता है. इसकी कमी त्वचा में अत्याधिक रूखापन लाती है. इसका सही अनुपात में सेवन सहायक होता है परन्तु अधिकता से अस्थिक्षय, सिर दर्द, यकृत और तिल्ली बढ़ जाते हैं व स्वभाव में अत्याधिक चिड़चिड़ापन आ जाता है.

विटामिन 'बी' पानी में घुलनशील होता है. सभी प्रकार के साबुत अन्न के उत्पादों में यह उपलब्ध होता है. यह दूध, सूखी फलियाँ, मटर, सोयाबीन और मूंगफली में विद्यमान होता है. उस दशा में यह नष्ट हो जाता है जब हम जिस पानी में भिगोते हैं उसे फेंक दिया जाता है. जो कि अक्सर हमारे घरों में होता है. आग पर अधिक समय पर रखने से भी यह नष्ट हो जाता हैं. इसकी कमी से बेरी–बेरी रोग हो जाता है (स्नायुतंत्र को प्रभावित करने वाला एक गम्भीर रोग), टांगों में भारीपन, एंठन और धड़ के नीचे के भाग का क्षीण होना व पक्षाघात का भी भय रहता है. इसकी अधिकता विटामिन 'ए' की भांति घातक नहीं होती, क्योंकि पानी में घुलनशील होने के कारण अनावश्यक मात्रा मूत्र व पसीने द्वारा बाहर निकल जाती है.

विटामिन 'सी' भी पानी में घुलनशील होता है. संकेन्द्रित विटामिन 'सी' को एसकार्बिक एसिड भी कहते हैं. यह शरीर

की कोशिकाओं को सक्षम रखने वाले उत्पादक तत्वों के लिए महत्वपूर्ण है. यह अस्थियों, दांतो, उपास्थि (कार्टिलेज) और उसे जोड़ने वाले ऊतकों के स्वास्थ्य के विकास की वृद्धि करता है. इसका सर्वाधिक स्रोत नींबू वर्गीय फल होते हैं. सन्तरा, अंगूर, अनानास, अमरूद, टमाटर, नींबू, मुसम्बी सभी इसके सर्वोत्तम स्रोत हैं. आड़ू, मटर, केला, सेब, पालक, हरी मिर्च, पत्ता गोभी, आलू, शकरकन्दी में भी विटामिन 'सी' पाया जाता है. यह विटामिन हवा के सम्पर्क, ऊष्मा और सूखने से नष्ट हो जाता है. विशेषकर जब भोजन में मीठा सोडा सब्जी के रंग को बनाये रखने के लिए मिलाया जाता है तो वह बहुत हानिकारक होता है क्योंकि वह विटामिन 'सी' के स्तर को कम कर देता है.

विटामिन 'सी' की कमी से स्कर्वी रोग हो जाता है जिसमें टांगे ओर जंघाओं में कमजोरी और सूजन हो जाती है. यह अक्सर नन्हें शिशुओं में होता है. स्कर्वी के अन्य लक्षणों में मसूड़ों का सूजना और उससे रक्त प्रवाह होना, रक्त की कमी (एनीमिया) थोड़ी चोट लगने पर रक्त का लगातार प्रवाहित होना, हड्डी का विस्थापित होना, विशेष कर छोटे बच्चों में, हो जाता है. इसकी कमी की दशा में टमाटर और नींबू वर्गीय फलों का रस अच्छा पूरक होता है.

विटामिन 'डी' वसा में घुल जाता है. हालांकि यह अभी तक ज्ञात नहीं हो सका है कि इसकी कार्यशैली क्या है, परन्तु इसके द्वारा शरीर कैल्शियम और फास्फोरस को ग्रहण करता है. जब भी अस्थिपिंजर में किसी प्रकार के नए ऊतक बनते हैं, तब

विटामिन 'डी' की आवश्यकता पड़ती है. इसीलिए भावी माताओं और विकासमान होते शिशुओं के लिए यह विटामिन अत्यन्त महत्वपूर्ण है. इसकी कमी से रिकेट रोग हो जाता है जिससे अस्थिपिंजर में विकृत निर्माण होने लगता है. दांतों का क्षय, दांतों का बेढंगा निर्माण भी विटामिन 'डी' की कमी से ही होता है. दूध और धूप का सम्पर्क (केवल प्रातः सूर्योदय व सायं सूर्यास्त के समय, दिन में नहीं) इस कमी को दूर करता है. रागी जो कि दक्षिण भारत का एक लोकप्रिय अन्न है कैल्शियम का कोष है.

विटामिन 'ई' पुनर्उत्पादन क्रिया के लिए बहुत महत्वपूर्ण होता है. यह गेहूं, चावल और अन्य बीजों के अंकुरण में पाया जाता है. सब्ज़ियां, गिरी और दालों आदि में यह विटामिन पर्याप्त मात्रा में उपलब्ध होता है.

सभी विटामिन, प्रोटीन, कार्बोहाइड्रेट और वसा सात्त्विक रूप में उपलब्ध होते हैं. हम बिना अपनी साधना को प्रभावित किए, इनका अपने आहार में प्रचुर मात्रा में उपभोग करके, स्वास्थ्यवर्द्धक भोजन कर सकते हैं.

आप कैसे भोजन करते हो, यह उतना ही महत्वपूर्ण है जितना आपका आहार. भोजन सदा बुद्धि द्वारा सही प्रकार से सोच समझ कर करना चाहिए. सर्वप्रथम इस भोजन के लिए, मन में परमात्मा के प्रति आभार व्यक्त करो (यह मत भूलो कि तुम कितने भाग्यशाली हो, जबकि इस पृथ्वी पर करोड़ों लोग हैं जो भूख से पीड़ित हैं). खाना धीरे–धीरे खाओ. प्रत्येक ग्रास को निगलने से पूर्व अच्छी तरह चबाओ. चबाने से लार भोजन के साथ मिल जाता है (यह भोजन ही पाचन क्रिया में सहायक

होता है) अन्यथा जो भोजन ठीक प्रकार चबाया न गया हो, वह जल्दी से निगलने पर, पाचन प्रणाली में बिना हजम हुए व्यर्थ होकर बाहर निकल जाता है. भोजन करते समय एक गिलास पानी पास रखे ताकि निगलते समय कभी श्वास व रोध न हो जाए. परन्तु इस बात का पूरा ध्यान रहे कि खाना खाते समय पानी न्यूनतम पिएं. अधिक पानी पीने से भोजन बिना पाचक रसों में मिले, भोजन उसी में घुल जाता है और पाचन प्रक्रिया में विलम्ब करता है और उसमें विकार उत्पन्न कर देता है.

तुम्हें कितनी मात्रा में खाना है, यह प्रत्येक व्यक्ति की व्यक्तिगत आवश्यकता और प्रकृति पर निर्भर करता है. यदि आप एक विद्यार्थी अथवा वैज्ञानिक, वकील अथवा लेखक की तरह बुद्धिजीवी हैं तो आपका भोजन जल्दी पच जाता है और उसकी पूर्ति की आवश्यकता होती है. यदि आप किसी ऐसे स्थान पर नौकरी करते हैं जहाँ आपको अधिक सोच विचार करने अथवा शारीरिक क्रिया करने की आवश्यकता न हो, तब आपको पहिले जैसी परिस्थितियों वाले भोजन की आवश्यकता नहीं है. बढ़ते बच्चों व भावी माताओं के लिए अधिक भोजन की आवश्यकता होती है.

अक्सर योग के विद्यार्थी को पूरा पेट न भरने की सलाह दी जाती है. उसे चाहिए कि वह पेट को आधा ठोस भोजन से, एक चौथाई पानी (अथवा तरल पदार्थ से) और शेष वायु के लिए खाली छोड़ देना चाहिए. अधिक मात्रा में भोजन करने से पाचन प्रणाली पर अत्याधिक भार बढ़ जाता है, जिससे वह

कभी भी बिगड़ सकता है. इसमें पाचन प्रक्रिया के लिए स्थान की कमी भी हो सकती है जिससे हृदय व छाती दर्द का दबाव पड़ सकता है.

समझदारी इसी में है कि भोजन संयम से खाओ. जैसा कि भगवान कृष्ण ने कहा है "योग उसके लिए नहीं है जो कि अधिक मात्रा में या बहुत कम मात्रा में भोजन करता है, हे अर्जुन ! ना ही उसके लिए जो बहुत अधिक या कम सोता है, बल्कि उसके लिए है जो आहार और मनोरंजन, कर्म और निंद्रा में वैसा ही संतुलित है जैसे कि जागृति में. योग उसके सभी दुःख दूर कर देता है."

योग के विद्यार्थी के लिए यही चेतावनी और संदेश है कि सदा संयम और संतुलन रखो.

भोजन ठीक प्रकार पका हुआ होना चाहिए, अधिक नहीं. यह कम पका भी नहीं होना चाहिए. जिस पानी में सब्ज़ियाँ उबाली जायें उसे कदापि न फेंके. उसमें सब्जी के पोषक तत्त्व होते हैं. उसका उपयोग पीने में चावन उबालने में किया जा सकता है. चावल को भी बहुत अधिक धोना नहीं चाहिए, अन्यथा उसके ऊपर का पोषक तत्त्व नष्ट हो जाता है.

दो खाने के बीच का अन्तराल किसी भी व्यक्ति की व्यक्तिगत आवश्यकता के अनुसार निश्चित होना चाहिए. यदि आपने दोपहर का भोजन 12 बजे लिया है तो आप रात्रि का भोजन सायं 6 बजे ले सकते हैं. अच्छा यही होगा कि आप बीच में कुछ न खाएं यदि लेना ही पड़े तो हल्का फुल्का नाश्ता हानि नहीं पहुंचाएगा लेकिन भोजन के बीच लगातार खाते

रहने से वज़न बढ़ने और अपाचन की समस्या हो सकती है. भोजन के तुरन्त बाद सोना स्वास्थ्य के लिए अच्छा नहीं. भोजन के कम से कम तीन घंटे बाद सोना चाहिए. रात्रि भोजन के बाद एक गिलास दूध पीने से अच्छी नींद आती है.

भोजन कक्ष को एकदम साफ सुथरा रखें. वहाँ भगवान अथवा सन्तों के प्रेरणादायक चित्र लटकाएं और वहाँ एक शान्त वातावरण बनाएं. क्रोध, चिन्ता अथवा परेशानी में किया गया भोजन पेट व्रण और रक्त में हानिकारक जीव विष उत्पन्न कर देता है.

जल

जल जीवन है. आप 15 दिनों तक बिना भोजन किए रह सकते हैं परन्तु जल के बिना तो 3 दिन के भीतर मृत्यु के निकट पहुंच जायेंगे. शरीर का लगभग 70 प्रतिशत वजन जल का ही होता है. पसीना आना व मूत्र विज़र्सन द्वारा शरीर के तरल अंश में कमी आ जाती है जिसकी पूर्ति बहुत आवश्यक होती है.

शरीर से होने वाले विविध प्रकार के जल विसर्जन की पूर्ति के लिए एक दिन में कम से कम 8 गिलास पानी की आवश्यकता होती है. खाना खाने समय कम से कम पानी पीना चाहिए. भोजन के दो घंटे पूर्व व पश्चात् जल का सेवन करना चाहिए, अन्यथा यह कमी पाचन क्रिया में अवरोध उत्पन्न कर देता है. प्रातः उठते ही व सोने से पूर्व एक गिलास पानी शौच प्रक्रिया को सरल बना देता है. सबसे अच्छा तो यह है कि तांबे के पात्र में कुछ घंटे पूर्व रखा पानी कब्ज़ की समस्या को दूर कर देता है.

पानी कमरे के तापमान के अनुसार होना चाहिए. परन्तु यदि किसी परिस्थिति में जब व्यक्ति अस्वस्थ हो या नगर पालिका का निर्देश हो तो पानी को पूरी तरह उबाल कर, एक पात्र से दूसरे पात्र में धीरे–धीरे कर कई बार पलटना चाहिए, इससे उबालते समय पानी के जो प्राण नष्ट हो गए होंगे वे पुनः इसमें आ जायेंगे.

प्राकृतिक चिकित्सा में भी जल का प्रयोग होता है. इसे जल चिकित्सा कहते हैं और यह अत्यन्त प्रभावकारी होती है. तेज़ बुखार में पानी की पट्टियों का प्रयोग होता है. धरती पर तीन या चार कम्बल बिछा दें. एक चादर भिगोकर निचोड़ दें और उस पर फैला दें. रोगी को उस पर लेटा दें. चादर व कम्बल उसके चारों तरफ लपेट दें. बहुत शीघ्र ही उसे पसीना आ जाएगा व बुखार उतरकर सामान्य हो जायेगा.

बुखार की दशा में नितम्ब स्नान लाभदायक होता है. रोगी को पानी के टब में बैठा दिया जाता है. टब के बाहर के उसके अंगों को ढककर गर्म रखा जाता है. जब शरीर का तापमान गिरने लगे, धड़ को एक खुरदरे कपड़े या तौलिए द्वारा लगभग बीस मिनट तक खूब रगड़ा जाता है. जल स्नान अपने आप में भी स्फूर्तिदायक व शक्तिदायक होता है. शारीरिक स्वच्छता के लिए दैनिक स्नान बहुत आवश्यक होता है. सामान्य व्यक्ति के लिए गर्म पानी अच्छा रहता है. स्नान के बाद तौलिए से अंगों को खूब रगड़ना चाहिए ताकि शरीर में रक्त संचार बढ़ जाये.

प्रातः आंखों को जल से छींटे मारकर धोने से वे शीतल व स्वस्थ रहती हैं.

उपवास

प्राचीन समय में उपवास को सार्वभौम इलाज माना जाता था. आयुर्वेदिक ''लंघम् परमौषधम्'' ही आयुर्वेदिक चिकित्सकों का कहना था. सप्ताह में एक बार अथवा फिर दो सप्ताह में एक बार उपवास करने से पाचन प्रणाली को आराम मिलता है. इसके साथ ही शरीर में संचित विविध प्रकार के विषों की सफाई भी हो जाती है. उपवास में पानी प्रचुर मात्रा में पीना चाहिए. यह पेट में होने वाले व्यर्थ के पदार्थों को बाहर निकालता है और पेट में होने वाली अत्याधिक जलन आदि से भी छुटकारा दिला देता है.

उपवास के लिए आप एक दिन निश्चित कर सकते हैं. यह पूर्ण उपवास भी हो सकता है, जब आप सिवाय सादा पानी के कोई भी अन्न या पेय पदार्थ नहीं लेते. अथवा आप केवल तरल पदार्थ जैसे छाछ, दूध अथवा फलों का रस लेते हैं. उत्तेजक तरल पदार्थ जैसे चाय या फिर काफी से बचना चाहिए, क्योंकि इन पदार्थों का स्वभाव केन्द्रीय स्नायु तंत्र को उत्तेजित करना है जबकि आप अपने आपको आराम देना चाहते हैं. एक दिन से अधिक समय का उपवास किसी कुशल निर्देशक की देखरेख में ही किया जाना चाहिए. अच्छा तो यही है कि आप अपने आप ऐसा कदम न उठाएं.

हमने आहार के सम्बन्ध में बहुत जानकारी प्राप्त की, परन्तु यदि आप मुझसे पूछे कि ''सही आहार क्या है'' ? तो मैं उसके विषय मैं अभी आपको उत्तर नहीं दे सकती हूँ. कोई भी एक सही आहार नहीं हो सकता है. सबसे अच्छा उत्तर तो यही है

कि अपनी समस्यायें जानो और उसके बाद ही अपने आहार की प्रणाली निश्चित करो. यदि आपका अभी भी आग्रह होगा तो मैं सब्ज़ियों, फल, दूध पर ही अधिक बल दूंगी और स्टार्चयुक्त, तले भोजन का निषेद्य बताऊँगी. भोजन के बीच के अन्तराल में ताजा स्वच्छ पानी (अत्याधिक ठंडा या बर्फीला नहीं) के पीने के लिए कहूँगी. चाय व काफी का पीना भी कम होना चाहिए. अपनी आहार सम्बन्धी आदतों को सुधार कर हम बहुत सारे रोगों का निदान व नियंत्रण कर सकते हैं.

शायद इसीलिए हिपोक्रेटस ने कहा "तुम्हारा आहार ही तुम्हारा इलाज है."

27 वर्ष की एक युवती स्त्री अपनी आंखों की समस्या को लेकर मेरे पास आई. मैंने देखा कि उसका पहनावा अत्यन्त भड़कीला और सोने के फ्रेम में जड़ा बड़े कटाव वाले अत्याधुनिक चश्मा पहिने थी. वह उस धुंधली रोशनी में ठीक प्रकार देख नहीं पा रही थी. वह एक नौकरीपेशा युवती थी और केवल रात के सिनेमा में, जिसकी वह बहुत शौकीन थी, जा पाती थी. वह सिनेमा में अपनी सखियों के संग जाने से कतराती थी क्योंकि उसे भय था कि वे उसका दोष जान जाएंगी. अंधेरे में अपना मार्ग ढूंढते व अक्सर पीछे रह जाती थी. बहुत कठिनाई से वह केवल पंक्तियां देख पाती थी और अक्सर लोगों के पैरों से टकराती या फिर उन पर ही बैठ जाती क्योंकि सभागार के अंधेरे में उसे यह भी पता नहीं चलता कि कुर्सी खाली भी है या नहीं. अपनी रात्रि अंधता को लेकर वह बहुत दुःखी थी. सबसे पहिले मैंने उसे अपना

फैशनेबल चश्मा उतारने और छोटे शीशे वाला सामान्य चश्मा पहिनने की सलाह दी. इस फैशनेबल चश्में का अत्याधिक घुमाव उसकी आंखों पर दबाव डाल रहा था. फिर मैंने उसे सलाह दी कि अपने भोजन में से सभी प्रकार के तले हुए, स्टार्चयुक्त एवं गरिष्ठ पदार्थ छोड़ देने चाहिए जो कि उसे बहुत प्रिय थे. उसके स्थान पर अपने दैनिक भोजन में कच्ची गाजर, कुछ हरी सब्ज़ियाँ कच्ची या पकी हुई लेनी चाहिए. मैंने उसे यह भी सलाह दी कि लेटे हुए पढ़ने की आदत छोड़ दो. एक वर्ष बाद जब वो मुझसे मिलने आई तो उसने न केवल अपनी दृष्टि में सुधार के विषय में बताया बल्कि उसकी त्वचा में भी निखार आ गया था. उसे किसी मंहगे नेत्र विशेषज्ञ या फिर अनावश्यक मंहगी दवाओं का भी सेवन नहीं करना पड़ा. केवल विटामिन 'ए' की पूर्ति एवं भोजन व स्वभाव की त्रुटियों को सुधारना पड़ा.

योगाभ्यास और प्राणायाम के सुखदायक समन्वय, आदतों (यम और नियम) और नियंत्रित आहार ही आपके जीवन को और भी सुखी, स्वस्थ एवं सार्थक बना सकता है.

— ८ —

'योग', जो कर सकता है

'' 'योग' 6 (गुणों) द्वारा सफल होता है – उत्साह, स्पष्ट, निश्चय, साहस, सच्चा ज्ञान, दृढ़ता और अनचाहे लोगों की संगति का त्याग'' – हठयोग प्रदीपिका

मेरे द्वारा सिखाए गए योगाभ्यास के द्वारा जीवन के विभिन्न क्षेत्रों में कार्यरत असंख्य महिलाएं लाभान्वित हुई हैं. छोटी लड़कियाँ, युवतियाँ, अधेड़ महिलाएँ, यहाँ तक कि जो सक्रिय जीवन से निवृत्त हो चुकी हैं, विविध प्रकार के कष्टों से पीड़ित मेरे पास आई और योग क्रिया के अभ्यास के बाद, कष्टों से छुटकारा पाकर, एकदम स्वस्थ स्फूर्ति से भरी, मुस्कुराती हुई, संस्थान से बाहर निकली. असंख्य महिलाओं के सम्पर्क में आने के बाद मेरा भी यही अनुभव रहा कि हर व्यक्ति अपने में अलग होता है. अतः प्रत्येक विधि में (आसन, प्राणायाम, अथवा ध्यान की) अपनी–अपनी विशिष्ठ आवश्यकताओं के अनुसार मैं परिवर्तन कर देती हूँ ताकि उनकी समस्याओं का व्यक्तिगत समाधान हो सके. असंख्य महिलाएं जिन्होंने हर प्रकार की चिकित्सा, प्राकृतिक, एलोपैथी, आयुर्वेदिक, यहाँ तक कि कुछ उदाहरणों में शल्य चिकित्सा कराने के बाद भी अपने स्वास्थ्य

की लाईलाज समस्याओं के कारण लाभान्वित न हो सकी, मेरे पास अन्तिम उपाय के रूप में आई. केवल 3 महीने के 'योग' के सावधानीपूर्वक बनाए गए, योजनाबद्ध कार्यक्रम ने उन्हें प्रत्याशित रूप में इतना लाभ पहुंचाया कि वे इस सरल परन्तु निश्चित उपचार से अत्यन्त प्रसन्न हो उठी. सही योग–उपचार से अद्भुत रूप से लाभ प्राप्त करने के बाद उनके कृतज्ञता भरे पत्र ही इसका स्पष्ट प्रमाण हैं.

1. बवासीर और दमा

प्रिय माता जी,

आपकी संस्था में हुए, मुझे अपने अविस्मरणीय अनुभव के बारे में लिखते हुए अत्यन्त हर्ष होता है. पिछले कई वर्षों से मैं बवासीर और दमा से पीड़ित थी. इनके उपचार के लिए मैंने किसी प्रकार का इलाज न छोड़ा. मैं अत्यन्त दुःखी थी और मेरी मानसिक शान्ति भी नष्ट हो गई थी. सौभाग्य से मेरा परिचय इस संस्थान से हुआ, जहाँ मुझे 'ध्यान' और 'योग' क्रियाओं के अभ्यास का प्रशिक्षण दिया गया. इसने मुझे अत्याधिक मानसिक शान्ति और एक नियमित स्वस्थ जीवन प्रदान किया. जो आहार मुझे सुझाए गए, उसने मेरे कष्टों से मुझे छुटकारा दिला दिया. मैं सविनय आपके प्रति आभार व्यक्त करती हूँ और माताजी एवं संस्थान के प्रति आजीवन कृतज्ञ रहूँगी.

विनीत

इन्दिरा कृष्णास्वामी

2. मधुमेह

कर्नाटक के एक विख्यात् राजनीतिज्ञ की अधेड़ पत्नी ने पूरा कोर्स किया व उसे मधुमेह से छुटकारा मिल गया. वे लिखती हैं–

स्नेही माता जी,

सर्वप्रथम मैं योगाभ्यास का निर्देशन देने के लिए आपका धन्यवाद करती हूँ. इसने मेरी बहुत सहायता की. अब मैं मधुमेह से पूर्णतः मुक्त हो चुकी हूँ.

आपकी आभारी

चन्द बसम्मा

3. रक्तचाप, बवासीर और वेरीकोज़ शिराएँ

एक प्रतिष्ठित व्यापारी की पत्नी निम्न रक्तचाप, बवासीर और वेरीकोज़ शिराओं के कष्ट से पिछले बीस वर्षों से पीड़ित थी. योगाभ्यास द्वारा इनसे छुटकारा होने पर उसने लिखा–

आदरणीया गुरु राजेवश्वरी जी,

मुझे आपको सूचित करते हुए अत्यन्त हर्ष होता है कि आपकी कक्षाओं में सम्मिलित होकर और आपके निर्देशानुसार नियमित रूप से अभ्यास करने पर मुझे बवासीर, जो कि पिछले बीस वर्षों से तंग कर रही थी, से पूरा छुटकारा मिल गया है. रक्तचाप भी जो कि हमेशा निम्नस्तर पर ही रहता था, अब सामान्य हो गया है. पहिले मुझे बहुत शीघ्र क्रोध आ जाता था, वह भी काफी सीमा तक कम हो गया है. कक्षाओं में सम्मिलित होने से पूर्व मेरा वज़न दिन–प्रतिदिन बढ़ता जा रहा था, जो

कि अब बढ़ना रूक गया है. इसके विपरीत बल्कि कम हो गया है. मैं वेरीकोज़ शिराओं के कष्ट से भी पीड़ित थी, वह भी अब कम हो रहा है. गुरुजी मैं आपके प्रति प्रति बहुत आभारी हूँ. यह केवल 'योग' नहीं है जिसने हमारी सहायता की, बल्कि उससे भी अधिक हमें गुरु के आशीर्वाद की भी आवश्यकता होती है. किसी ने भी परमात्मा को नहीं देखा, परन्तु मैंने गुरुजी में परमात्मा को पाया है. परमात्मा कभी भी प्रत्यक्ष रूप में हमारी सहायता नहीं करता, बल्कि किसी माध्यम के द्वारा ही हमारी सहायता करता है और मुझे विश्वास है कि गुरुजी ही वह माध्यम है.

आपकी आभारी

वीना श्रीचन्द

जितनी हम कल्पना भी नहीं कर सकते, उससे भी कहीं अधिक लोग बवासीर से पीड़ित हैं. अक्सर यह गलत बातों के बहिष्कार से होता है, हालांकि उसके और भी कारण हो सकते हैं. योग का यदि सही प्रकार से अभ्यास किया जाए तो हमारी पाचन प्रणाली ठीक रहती है जो कि उत्तम स्वास्थ्य की प्रथम आवश्यकता है.

4. एक्ज़ीमा

त्वचा के रोग, ग्रन्थियों की अनियमितताओं से होते हैं. कुछ योग क्रियाएं उन्हें सही करने का कार्य करती हैं. एक्ज़ीमा, जो कि त्वचा में पपड़ी बनना, चाहे गीला हो या सूखा, जब उसमें खुजली प्रारम्भ हो जाती है तो किसी भी व्यक्ति के लिए लज्जा व असुविधा का कारण बन जाता है.

मेरी प्रिय गुरुजी,

मैं एक्ज़ीमा से पीड़ित थी. जब मैं विदेश गई, तब यह और भी तीव्र हो गया था. आपके निर्देशन में मैंने कुछ योग क्रियाओं का अभ्यास किया. आरम्भ में मुझे यह करने में बहुत कष्ट हुआ. परन्तु कुछ दिनों के अभ्यास के बाद मुझे इसमें सफलता मिल गई. आपको सूचित करते हुए मुझे अत्यन्त हर्ष होता है कि इस रोग से मुझे पूर्णतया छुटकारा मिल गया है, इसके साथ ही मेरा स्वास्थ्य भी उन्नत हो गया है.

आपकी विनीत

भारती

5. क्रोध, साँस भारी होना और मोटापा

परम आदरणीया गुरुजी,

आपके संस्थान में योग पाठ्यक्रम का प्रशिक्षण प्राप्त करने के बाद मैं निम्न रिपोर्ट प्रस्तुत करना चाहती हूँ :

जब मेरी सहेली चन्द्रिका इस पाठ्यक्रम में भाग लेने लगी, तब उसने मुझसे भी इसमें सम्मिलित होने का प्रस्ताव रखा. उस समय कुछ लोगों ने मुझे यह कहकर डरा दिया कि यह बहुत खतरनाक है. मुझे आज तक यह पता नहीं लगा कि इससे उनका क्या तात्पर्य था.

छः मास पश्चात् मेरा वज़न बढ़ना शुरू हो गया. साथ ही मैंने अनुभव किया कि मुझे बहुत जल्दी क्रोध आने लग गया है और मैं छोटी–छोटी बातों पर भी क्रुद्ध होकर चिल्लाने लगती.

अपना वज़न घटाने के लिए मैंने डाक्टरों से परामर्श करना शुरु किया, जिन्होंने मुझे कई प्रकार की दवाएं देने के साथ

आहार सम्बन्धी एक सूची भी पकड़ा दी, जिसका मेरे लिए कोई भी उपयोग नहीं था. इसी समय चन्द्रिका ने शरीर को सही रुप–आकार देने के लिए मुझे योगाभ्यास में सम्मिलित होने की सलाह दी

आपके निर्देशन में 'योग' सीखने के बाद मुझे ऐसा अनुभव हुआ कि इस कार्यक्रम में सम्मिलित होकर मैंने बहुत बुद्धिमानी की. मैंने अनुभव किया कि योग शरीर व मानसिक क्षमताओं को स्थिर, सक्रिय एवं अधिक प्रभावशाली बनाता है ताकि उसके प्रवृत्ति बदल सके और मार्ग की बाधाओं को दूर करके वह स्वयं का वास्तविक रूप पहचान सके.

मैं अब अपने चिड़चिड़ेपन पर नियंत्रण कर सकती हूँ और जल्दी ही क्रुद्ध नहीं होती हूँ. मुझे विश्वास है कि शीघ्र ही मेरा अपने क्रोध पर पूरा नियंत्रण हो जायेगा ओर मेरा शरीर भी सही अनुपात में हो जायेगा. पहिले जब मैं सीढ़ियाँ चलती या तेज चलती थी तो मेरी साँस भी तेज हो जाती थी. परन्तु अब योगाभ्यास के बाद मैं दूर–दूर तक चलने में भी थकावट अनुभव नहीं करती हूँ. मुझे इस बात की प्रसन्नता है कि मैंने सूर्यप्रकाश योग संस्थान में प्रवेश लिया.

आपकी ही

एल.एम. प्रभावती

6. मोटापा और मानसिक शान्ति

स्नेही आदरणीया गुरुजी,

मुझे पता चला कि मानव शरीर और मस्तिष्क को उत्तम अवस्था में रखने के लिए व्यायाम बहुत आवश्यक है. 'योग'

सर्वोत्कृष्ट व्यायाम है. 'योग' को शास्त्रीय ढंग से सीखने पर मेरे शरीर में लचीलापन और विचारों में स्पष्टता आ गई है.

योगाभ्यास शुरु करने से पूर्व, मुझे बहुत जल्दी क्रोध आ जाता था, मेरा वज़न बहुत अधिक था और कमर की चौड़ाई बहुत अधिक थी. परन्तु अब मेरा वज़न 3 किलो घट गया है और कमर भी 8 से.मी. कम हो गई है. अब क्रोध पर भी मेरा नियत्रंण हो गया है. मैं रात को गहरी नींद में सोती हूँ और मन भी शान्त है.

मैं इस विचार से सहमंत हूँ कि एक अनुपातिक, सुन्दर शक्तिशाली और स्वस्थ मस्तिष्क के लिए, चाहे व्यक्ति छोटा हो या बड़ा, 'योग' बहुत आवश्यक है.

आपकी आभारी

के.एस. विजयलक्ष्मी

7. साईनस, सामाजिक सामंजस्य और तनाव

आदरणीय गुरु जी,

मैंने अनुभव किया कि 'योग' सीखने में सरल, अभ्यास में सरल और थकावट रहित है. इससे मुझे अत्याधिक ऊर्जा प्राप्त होती है. स्कूल में लगातार आठ घंटे तक अभ्यास करने के बाद भी मुझे थकावट अनुभव नहीं होती है.

मेरी साइनस (नासिका को) और सिर दर्द की शिकायत एकदम गायब हो गई है.

मेरे भीतर पहिले से भी अधिक आत्मविश्वास, पहिले से अच्छा व्यवहार और सामाजिक सामंजस्य आ गया है.

योग ने मुझे तनाव, चिन्ता और उत्तेजना से मुक्ति दिला दी है. अब अपने भीतर स्वस्थ होने की अनुभूति जागृत हो गई है.

एम.एस. चम्पकमालिनी

8. घुटने का लचीलापन और मानसिक स्फूर्ति

मेरी प्रिय गुरु जी,

यहाँ मैं योगाभ्यास से पूर्व और पश्चात् का पूरा विवरण लिख रही हूँ :

4.1.1974 को मैं दुर्घटनाग्रस्त हो गई और मेरे दाएं घुटने और उसके चारों तरफ के ऊतकों में बहुत अधिक चोट लग गई, दायीं जंघा की हड्डी भी बीच में से टूट गई. दवाओं से मुझे पूरी तरह बेहोश करके ज़ख्मों में टांके लगाए गए और रक्त भी चढ़ाया गया.

जहाँ टांका लगाया गया था वह ज़ख्म पूरी तरह भरा नहीं और उसके ऊपर की त्वचा बिखरने लग गई. त्वचा (जिसका 2 माह 20 दिन बीत जाने के बाद एक खुले ज़ख्म के रूप में उपचार किया गया था), उन्होंने बायीं टांग से लेकर दायीं टांग पर प्रत्यारोपित कर दी, और यह भी मुझे पूरी तरह बेहोश करके ही किया गया. अब गलत ढंग से मेरी टांग तीन इंच छोटा करके, मेरी हड्डी स्वस्थ होने लग गई.

अतः अब उन्होंने जोड़ को दुबारा तोड़ दिया और हड्डी के दोनों टुकड़ों के सिरों के बीच स्टील की छड़ डाल दी. यह एक बहुत लम्बी शल्यक्रिया थी और पन्द्रह दिन के पश्चात् मुझे घर भेज दिया गया.

इस पूरी प्रक्रिया में मुझे 5 महीने 20 दिन तक पीठ के बल पर ही लेटे रहना पड़ा. मैं अपनी टांग मोड़ नहीं सकती थी. मैं अपनी टांग सीधी रखकर ही बैठा करती थी. सीढ़ी चढ़ते समय भी मैं पहिले एक टांग को ऊपर चढ़ाती फिर दूसरी को खींचकर चढ़ती, जिस प्रकार एक छोटा बच्चा सीढ़ी चढ़ता है.

इसके साथ जो स्टील की छड़ बीच में डाली गई थी वह काफी लम्बी व थोड़ा बाहर को उभरी हुई थी, जिसे मैं त्वचा के भीतर अनुभव कर सकती थी. वह मुझे अपने अंग और जोड़ के संचालन में कष्ट दे रही थी. मैंने बैसाखियों का सहारा लिया. टांग के प्रयोग में न आने से, मेरी टांग की माँसपेशियाँ विशेषकर घुटनों के नीचे सुकड़ गई.

राजकीय अस्पताल में मेरे बार–बार अनुरोध करने पर भी, मुझे आगे के लिए कोई परामर्श या रास्ता नहीं बताया गया.

दर्द जब बर्दाश्त के बाहर हो गया तब मैं बंगलौर के एक प्रख्यात फ़िज़ियोथेरेपिस्ट के पास गई. उनके यहाँ बीस दिन तक जाने के बाद मुझे ऐसा लगने लगा कि मैं अपना जीवन समाप्त कर लूँ, क्योंकि उसके हाथों द्वारा जबरदस्ती घुटना मोड़ने के इलाज के दौरान मुझे असह्य पीड़ा को सहन करना पड़ता था. उसके साथ ही मेरी त्वचा के नीचे उभरी वह स्टील की छड़ भी थी. घुटने को मोड़ने से मुझे कान, सिर और गर्दन में असह्य पीड़ा शुरू हो गई. यह उतना ही कष्टप्रद रहा, जितना कि जब मेरी हड्डियों को जोड़ने के लिए उसमें छड़ डाली गई थी.

मैंने इस छड़ को निकलवाने के लए सेंट मार्थास अस्पताल जाने का निश्चय किया, परन्तु उन्होंने इस छड़ को और भी

गहराई से भीतर घुसा दिया, क्योंकि हड्डी के जोड़ का जुड़ाव अभी तक मज़बूत नहीं हुआ था.

सेंट मार्थास में मुझे फ़िज़ियोथेरेपी की सलाह दी गई, परन्तु दस दिनों के बाद भी मैं घुटनों को 30 अंश कोण से अधिक न मोड़ सकी. मेरे दुर्भाग्य से उन्होंने मुझे दुबारा शल्य चिकित्सा की सलाह दी, परन्तु वायदा केवल 90 अंश तक मोड़ने का ही किया. इसका अर्थ यह भी था कि मेरा घुटना अब कमजोर ही रहेगा. मैं एकदम चौकन्नी हो गई, क्योंकि मेरे घुटने पर जो प्रत्यारोपित ऊतक थे वे मूल त्वचा के नहीं थे. ये प्रत्यारोपित ऊतक मूल की भांति सामान्य नहीं होते. दुर्घटना के दिन अपने को बचाए रखने के लिए परमात्मा पर नाराज थी और मैंने अस्पताल से छुट्टी लेने और डाक्टरों से छुटकारा पाने का निश्चय किया.

मैंने राजकीय आयर्वुेदिक अस्पताल में मालिश करने वालों के विषय में खोज करनी शुरू कर दी. वे मालिश करने वाले भी मेरे प्रत्यारोपित ऊतकों के कारण, घुटने को छूने के लिए तैयार नहीं थे. मैं नीलमंगला और अन्य स्थानों पर भी गई और उनके द्वारा दिये गये तेलों पर पैसा खर्च करती रही.

इस बीच मैं ऐसे मालिश करने वाले से मिली जो इस रूप में अन्य थेरेपिस्टों से अलग था, क्योंकि अब मेरा घुटना 30 अंश कोण से 65 अंश तक मुड़ने लगा था. लेकिन उसके साथ ही असह्य पीड़ा झेलनी पड़ती थी. मुझे अभी तक दायीं टांग फैलाकर रखनी पड़ती और लंगड़ाकर चलना पड़ता था. मैं दायीं टांग पर किसी प्रकार का भार सहन नहीं कर सकती थी. इस

बीच मेरी टांग की हड्डी भी जुड़ गई और अब मैं स्टील की छड़ को बाहर निकलवाना चाहती थी, क्योंकि उसके कारण मेरी जंघा में किसी प्रकार की गतिविधि नहीं हो पाती थी. मैं पुनः सेंट मार्थाज़ अस्पताल में दाखिल हुई. इस स्टील की छड़ के चारों ओर कैल्शियम अवशिष्ट के इतने अंश एकत्रित हो गए थे कि उस छड़ को अलग करने के लिए उन्हें पाँच स्थानों पर छेद करना पड़ा.

पहिले बैसाखी द्वारा, फिर छड़ी की सहायता से चलने की इस पूरी प्रक्रिया में हर समय भीतर की कमज़ोर हड्डी का भी भय सताता रहता था. सहन शक्ति की इस 14 माह की परीक्षा में मैं शारीरिक एवं मानसिक रूप से थक चुकी थी.

डाक्टरों ने इसी मालिश करने वाले के पास जाने का परामर्श दिया. मेरा घुटना केवल 65 अंश तक ही मुड़ पाता था, साथ ही मैं लंगड़ाती भी थी. दांयी करवट के बल पर लेट भी नहीं पाती थी. मैं पीड़ा से भरा जीवन जी रही थी.

मैं पशु चिकित्सक हूँ जो बड़े पशुओं का इलाज करती हूँ. मुझे अपना व्यवसाय अत्यन्त सन्तुष्टि प्रदान करता था, परन्तु दुर्घटना के बाद मैं इससे भी वंचित हो गई थी.

आपके निर्देशन में योगाभ्यास करने एवं आपकी दयापूर्ण देखभाल से मुझे अत्याधिक लाभ पहुंचा जो निम्न है –

१. मैं अब पालथी मारकर बैठ सकती हूँ.

२. मैं सामान्य रूप से चल सकती हूँ.

३. मैं अपना घुटना 120 अंश तक मोड़ सकती हूँ.

४. योगाभ्यास के दौरान मुझे किसी प्रकार का दर्द अनुभव नहीं हुआ, और तो और मैं स्वयं में हल्कापन अनुभव करने लगी.

५. डेढ़ माह के भीतर ही मेरा रूपान्तरण हो गया, मैं प्रसन्नचित्त, पूर्ण रुपेण सक्रिय थी.

६. कान, सिर व गर्दन का दर्द चला गया.

७. मेरी विचार शक्ति लौट आई थी.

८. मेरा चिड़चिड़ापन समाप्त हो गया था.

९. मैं अकेलापन अनुभव नहीं करती थी.

१०.सीढ़ी चढ़ते, उतरते समय, किसी भी सामान्य व्यक्ति की तरह मैं दोनों टांगों का प्रयोग करने लगी.

११.अब मैं ध्यान व प्राणायाम के पूरे समय पालथी लगाकर बैठ सकती थी.

१२.केवल एक घुटने में थोड़े और लचीलेपन के अतिरिक्त, आपने मुझे एक सामान्य स्वस्थ व्यक्ति के रूप में पुनर्स्थापित कर दिया.

१३.सबसे बड़ी बात तो यह थी कि घुटने के लचीलेपन के लिए जो शल्यक्रिया होने वाली थी, मैं उससे बच गई. अब मेरा घुटना बहुत शक्तिशाली हो गया है जिसे मैं प्रतिदिन मोड़ती रहती हूँ.

मुझे विश्वास है कि मैं शीघ्र ही अस्पताल में अपना कार्य करने और एक सन्तोषप्रद जीवन जीने लगूंगी. आपने मुझे एक नया जीवन और जीवन के प्रति नया दृष्टिकोण दिया.

माँ ! मेरा सभी प्रकार का सांसारिक ज्ञान इस महान 'योग' जोकि मनुष्य के दर्द और कष्ट से छुटकारा दिला सकता है,

के सम्मुख तुच्छ है. जो भी व्यक्ति आपकी तरफ सहायता के लिए देखता है वह प्रसन्न होगा और जीवन पर्यन्त सफल रहेगा.

मैं, आपकी एक छात्रा, सदा आपकी कृतज्ञ रहूँगी और परमात्मा से प्रार्थना करूंगी कि वह पृथ्वी का समस्त आनन्द और समृद्धि आपको प्रदान करे.

मेरी इच्छा है कि मेरे जैसे और भी बहुत सारे अपंग लोग आपके पास, आपकी करूणमयी देखभाल के लिए आयें. आप सहायता, शान्ति और महानता का स्रोत हैं.

आपकी सदा स्नेही पुत्री
डा. एन. विनुथामणी

9. माइग्रेन और मासिक धर्म की अनियमितता

आदरणीया श्रीमती राजेश्वरी रमन गुरुजी,

चार सप्ताह तक आपके यहाँ 'योग' की कक्षाओं में सम्मिलित होने के बाद मैंने अनुभव किया कि मेरा मासिक धर्म अब नियमित हो गया है. उदाहरणार्थ अब मेरा मासिक धर्म दो माह के भीतर ही हो जाता है. मैं बहुत ही प्रसन्न और हल्का अनुभव करने लगी हूँ. पहिले मुझे हर सातवें दिन माइग्रेन का दर्द हो जाता था, परन्तु अब यह 15 दिनों के अन्तराल में होने लगा है. योगाभ्यास कार्यक्रम प्रारम्भ करने से पूर्व मेरा वज़न 157 पाऊंड था, अब मेरा वज़न 152 पाऊंड हो गया है. मेरी त्वचा का रंग भी निखरने लगा है. अब मैं मानसिक शान्ति अनुभव करती हूँ. मुझसे अब पहिले से अधिक आत्मविश्वास और प्रसन्नता आ गई है.

आपकी आभारी
नागरत्ना निरंजन

10. अनियमित मासिक धर्म

गुरु जी,

आपके निर्देशानुसार मैं नियमित रूप से 'योगाभ्यास' कर रही हूँ. 'योग' करने के बाद मैं दिन भर हल्का, ताज़ा और सक्रिय अनुभव करती हूँ. मेरा वज़न भी एक पाऊंड कम हो गया है. परिणामस्वरूप मेरे अन्दर आत्मविश्वास बढ़ गया है जो कि पहिले नहीं था. मेरी पीठ और जंघाओं में दर्द रहता था जो कि अब धीरे–धीरे कम हो रहा है. योग सीखने के बाद, मेरा अनियमित मासिक धर्म, नियमित होता जा रहा है.

आपकी आज्ञाकारिणी

पद्मावती आर.

स्नायविक तनाव एवं निराशा

मेरी प्रिय गुरु जी,

अपनी 'योग' की कक्षाओं के सम्बन्ध में लिखते हुए मुझे बहुत प्रसन्नता हो रही है. मैं अपनी समस्याएं, जैसे निराशा, आत्मविश्वास में कमी, काम में अरूचि और काम को टालने की लगातार इच्छा आदि के कारण, स्नायविक तनाव से घिरकर आपके यहाँ आई थी. चूंकि मैं दवाएं लेना पसन्द नहीं करती थी, अतः ये समस्याएं और अंगों में दर्द मुझे काफी समय से पीड़ित कर रहा था. सौभाग्यवश मुझे इस संस्थान में उसी प्रकार आने का अवसर मिला जिस प्रकार एक रोगी डाक्टर के पास जाता है. लगभग तीन महीने के नियमित प्रशिक्षण और व्यक्तिगत देखभाल के कारण, आपके द्वारा दी गई यह ''प्राकृतिक चिकित्सा'' मेरे ऊपर

धीरे–धीरे प्रभाव डाल रही है. मैं लगभग 70 प्रतिशत पहिले से अच्छा अनुभव कर रही हूँ. मुझे पूर्ण विश्वास है कि आपके आशीर्वाद और नियमित अभ्यास द्वारा मैं शीघ्र ही एकदम सामान्य हो जाऊँगी. परम पूज्यनीया ! आपने – जिस क्षेत्र में मैं कार्य करती हूँ – उसके लिए मुझे और भी लाभदायक बनने का गौरव प्रदान किया है.

अधिकतर वैज्ञानिक लोग ध्यान में विश्वास नहीं रखते हैं, जो कि यहाँ सबसे पहिले सिखाया जाता है. एक इंजीनियर के रूप में, मैं बताना चाहती हूँ कि इसकी भी वैज्ञानिक उपयोगिता है, क्योंकि यह हमारे मस्तिष्क को एकाग्र होना सिखाता है जो कि दवाओं द्वारा कदापि सम्भव नहीं. जब हम अपने नेत्र बन्द करते और 'ओउम्' शब्द का उच्चारण करते हैं, यह 'ओमकार' हमारे स्नायुतंत्र पर अद्‌भुत प्रभाव डालता है और हमें अपने भीतर अधिक शक्ति का अनुभव होता है. जब हम "प्राणायाम' के बाद नेत्र खोलते हैं, हमें अपने नेत्रों में ताज़गी अनुभव होती है. इसके साथ ही योग की प्रत्येक मुद्रा जो कि हमें यहाँ सिखाई जाती है, से मुझे ऐसा लगता है मैंने कुछ पा लिया. आज की अंधाधुंध भाग–दौड़ और अस्वस्थ प्रतियोगिता के युग में, यह 'योग' ही है जो मस्तिष्क को शान्ति प्रदान करता है जो कि स्वास्थ्य के लिए बहुत आवश्यक है. अब मुझे मोटापे का भी भय नहीं रहा, मैं जो भी चाहूँ खा सकती हूँ.

यह पत्र समाप्त करने से पूर्व, आपके लिए कुछ पंक्तियां लिखने की मुझे अनुमति दीजिए – प्रिय परम आदरणीया गुरु जी ! मैंने आपके अन्दर एक महान महिला को पाया जो कि

दूसरों की भलाई के लिए बिना किसी प्रत्याशा के, स्वयं को समर्पित कर देती है. आपने अपना जो मातृस्नेह मुझ पर बरसाया उसके लिए आप सदा मेरी स्मृतियों में रहेंगी. आपका प्रतिदान करने के लिए मैं यही कह सकती हूँ कि परमपिता परमात्मा से प्रार्थना करूं ताकि वो आपको, स्वस्थ सुखी जीवन और दीर्घायु प्रदान करे.

यह स्थान छोड़ने का मुझे दुःख है, परन्तु मुझे ऐसा करना ही होगा. मैं आपसे अपनी गुरुजी श्रीमती राजेश्वरी रमन से प्रार्थना करते हुए कह रही हूँ कृपया अपने शिष्य के रूप में मुझे सदा याद रखें.

(डा.) कुमारी टी.एस. वेदवती

भारतीय प्रौद्योगिकी संस्थान बंगलौर

12. शक्ति की पुनर्प्राप्ति

स्नेही गुरु जी,

आपने मुझे जो भी सिखाया, उसके लिए, मैं आपकी आभारी हूँ. 'योग' वास्तव में अद्‌भुत वस्तु है, परन्तु मैंने इसमें कुछ और भी प्राप्त किया. आपके इस ध्यान ने मुझे सही मार्ग दिखाया. मैं 'ध्यान' से इतना अधिक आनन्द प्राप्त करती हूँ क्योंकि यह 'योग' से जुड़ा है. मुझे 'योग' बहुत प्रिय है. जब तक मैं ध्यान न कर लूं, मैं आगे कुछ भी काम नहीं कर सकती हूँ. मैंने दो बातें सीखी हैं – एक 'ध्यान' दूसरा 'योग'. अतः आप सोच सकती हैं कि मैं कितनी प्रसन्न हूँ. आप मानवता के लिए बहुत अच्छा कार्य कर रही हैं. परमात्मा आपको दीर्घायु प्रदान करे ताकि अधिक से अधिक लोग आपसे लाभान्वित हो सकें.

मैं खेलों की शौकीन एक खिलाड़ी भी हूँ. घुड़सवारी, तैराना, टेनिस मेरे प्रिय नियमित खेल हैं, परन्तु मैं आपको बताना चाहती हूँ कि आपके 'योग' के सम्मुख ये कुछ भी नहीं हैं.

आपके लिए शुभकामनाओं सहित,

आपकी प्रिय
शान्ता चौधरी
पत्नी सेवानिवृत्त आई.जी. पुलिस दिल्ली

13. मानसिक और संवेदनात्मक तनाव

प्रिय गुरु जी,

मैं आपकी बहुत आभारी हूँ कि आपने मुझे 'योग' सिखाया, जिससे मुझे अभूतपूर्व लाभ पहुंचा.

मैं अब शारीरिक और मानसिक रूप से स्वस्थ अनुभव करती हूँ. मेरी चिन्ताएं और मानसिक तनाव काफी सीमा तक समाप्त हो गए हैं. मैं दिन भर बहुत प्रसन्न रहती हूँ. आलस्य की प्रवृत्ति एकदम समाप्त हो गई है. अब मैं इच्छानुसार अपनी भावनाओं और क्रोध पर नियंत्रण रख सकती हूँ. संक्षेप में मैं शरीर व मन दोनों में बहुत हल्का अनुभव करती हूँ. बीच--बीच में मुझे कष्ट पहुंचाने वाला मेरा पीठ का दर्द भी समाप्त हो गया है.

आपको मेरा असंख्य धन्यवाद !

आपकी आज्ञाकारिणी
रमा बाली

14. बालों का गिरना, त्वचा पर चकत्ते और मानसिक थकावट

प्रिय आदरणीया गुरु जी,

मेरी शारीरिक व मानसिक दशा पर योग का प्रभाव आश्चर्यजनक रहा. योग संस्थान में प्रवेश करने से पूर्व मेरे सिर, गर्दन और बायें अंगों में तनाव सा रहता था. मेरे पूरे शरीर पर खसरे के समान चकत्ते से निकल आते थे. मेरी मानसिक दशा इतनी खराब हो गई थी कि मस्तिष्क ने काम करना लगभग बन्द ही कर दिया था. मुझे नींद नहीं आती थी और सिर के बाल भी झड़ने लग गए थे. 'योग' सीखने के बाद मेरी समस्याएं प्रतिदिन कम होने लग गई. 'प्राणायाम' करने के बाद चकत्ते एकदम समाप्त हो गए और मेरी स्मरण शक्ति बढ़ गई और विचार शक्ति तीव्र हो गई जो कि मेरे जैसे शोधार्थी के लिए बहुत महत्वपूर्ण था. अन्य प्रकार की 'योग' मुद्राएं करने के बाद मेरा स्नायविक तनाव काफी कम हो गया और मुझे नींद भी अच्छी आने लग गई. मुझे विश्वास है कि यदि मैं इसी प्रकार नियमित रूप में योग करती रहूंगी तो शेष कष्ट भी एकदम दूर जाएंगे. मैंने आपसे जो इलाज पाया, वह इतना अद्भुत था कि उसने मुझे योग सीखने में अधिक इच्छा व अतिरिक्त शक्ति प्रदान कर दी. आपने जो 'ध्यान' सिखाया उसने मेरे नैतिक पक्ष को ही नहीं, बल्कि मेरे जीवन के आध्यात्मिक पक्ष को भी प्रभावित कर दिया.

आप मेरे जीवन की प्रथम महान स्त्री हैं और मुझे अत्याधिक प्रभावित किया, बिना किसी फल की इच्छा किए

आपने दूसरों की भलाई में अपना जीवन समर्पित कर दिया है. आपके मातृवत् व्यवहार, आत्मीय प्रशिक्षण और इनके अतिरिक्त जो कुछ भी आपने मुझे दिया, उसके लिए मैं जीवनभर आपकी कृतज्ञ रहूँगी. मेरी यही इच्छा है कि मेरी अन्य दुःखी बहिनें जो कि मेरी ही तरह कष्ट भोग रही हैं आपके सम्पर्क में आएं और कष्ट से मुक्ति पाएं.

आपके साथ मेरे सम्पर्क का आनन्द अविस्मरणीय रहेगा. यदि मैं आपके किसी काम आ सकूँ तो, आपके आदेश की मैं उत्सुकतापूर्वक स्वागत करूंगी.

आपकी आज्ञाकारिणी
टी.एस. रुक्मणी
शोध छात्रा
भारतीय प्रौद्योगिकी
संस्थान बंगलौर

15. छाती की माँसपेशियों का दर्द

प्रिय श्रीमती रमन,

पिछले मई माह में जब मुझे आपके पति से साक्षात्कार का सुअवसर प्राप्त हुआ तो उन्होंने मुझे यह सुझाव दिया कि वर्षों पुराने अपने छाती के दर्द के लिए विशेष "प्राणायाम" करूं जो कि उनके अनुसार आगे चलकर और भी कष्टप्रद हो सकता है. मैं सैकड़ों चिकित्सकों से इस विषय में मिल चुकी थी और सबका यही कहना था कि यह दर्द मांसपेशियों के कारण है और चूंकि ये छाती के भीतर है अतः मुझे इसके साथ ही जीना पड़ेगा.

आपके पति से साक्षात्कार के बाद मुझे आपसे मिलने का सौभाग्य प्राप्त हुआ. तब आपने मुझे विशेष 'प्राणायाम' सिखाए जो कि उनसे भिन्न थे जो मैं पिछले 20 वर्षों से करती आ रही थी, मैं इसका निरन्तर अभ्यास कर रही हूँ. आपको यह बताते हुए मुझे अत्यन्त प्रसन्नता हो रही है कि मेरा छाती का दर्द चला गया है, साथ ही मैं शारीरिक व मानसिक रूप से बेहतर अनुभव कर रही हूँ. मैं प्रातः 15 से 20 मिनट तक 'प्राणायाम' करती हूँ फिर 25 से 30 मिनट तक 'ध्यान'.

मैं यह पत्र आपको यह बताने के लिए लिख रही हूँ कि आपके द्वारा दी गई लाभदायक सहायता के कारण मैं आपके प्रति कितनी कृतज्ञ हूँ.

सादर,

आपकी अनुग्रही
सिविल स्टेक
हर्टफोर्डशायर, यू.के.

16. कोलाइटस

मैं श्रीमती एवं श्री बी.वी. रमन को बधाई देती हूँ क्योंकि उन्होंने कोलाइटस के इलाज हेतु मुझे प्राणायाम के लिए प्रेरित किया. काफी समय पूर्व जब अपने पेट के विकार से मैं बहुत परेशान थी और सभी प्रकार की चिकित्सीय प्रणाली के बावजूद मुझे आराम नहीं मिला उन्हीं दिनों श्री रमन मुझे अपने गैराज में मिले. जब मैंने उन्हें अपने कष्ट के विषय में बताया तो उन्होंने मुझे अपने आवास पर मिलने के लिए बुलाया. तब वहाँ उन्होंने मुझे नियमित रूप से प्राणायाम करने की सलाह दी

और श्रीमती रमन से कहा कि मुझे इसकी सही विधि बताएं. मुझे यह कहते हुए प्रसन्नता हो रही है कि श्रीमती रमन के कुशल निर्देशन में मैंने 'प्राणायाम' प्रारम्भ कर दिया और लगभग पूरे तीन महीने तक इस पूरे व्यायाम का अभ्यास किया. अब मुझे पेट के विकारों से छुटकारा मिल गया है. मैं श्रीमती एवं श्री रमन को उनके कुशल निर्देशन के लिए एक बार पुनः धन्यवाद करती हूँ.

पी. दामोदरन

17. बवासीर का रक्त स्राव और कब्ज

पूजनीया गुरुजी,

आपके पास आने से पूर्व मुझे 'योग' का बहुत कम ज्ञान था. मुझे कब्ज़ की बहुत शिकायत रहती थी, जिसके कारण बवासीर हो गई, जिससे अब रक्तस्राव हो रहा था. दो बार पहिले भी मेरी शल्य चिकित्सा हो चुकी थी और यही लगा कि अब पुनः शल्य चिकित्सा करवानी पड़ेगी. इसके कारण मैं शारीरिक व मानसिक रूप से बहुत तनावग्रस्त थी. यह मेरा सौभाग्य था कि मैं आपसे मिली. मेरा इस कष्ट से पूरा छुटकारा हो गया. आध्यात्मिक दृष्टिकोण से 'योग' की विधियों, विशेषकर 'ध्यान' एवं एकाग्रता ने मुझे काफी लाभ पहुंचाया. पहिले आपके द्वारा दी गई वकृता ने मुझे बहुत प्रभावित किया. मुझे आशा है कि भविष्य में मैं अपने जीवन में "यम–नियम" आदि का पालन करूंगी, मन की चंचलता को रोकने का भी प्रयत्न करूंगी. मुझे विश्वास है कि मैं इसमें पूरी तरह सफल

रहूंगी. माँ और पत्नी के रूप में, साथ ही मैं अपने पूरे परिवार से बहुत अंतरंग रूप से जुड़ा होने के कारण अपने दैनिक जीवन में मस्तिष्क की कुशलता और दृढ़ता की पति के बजाय मुझे अधिक आवश्यकता थी और आपके द्वारा सिखाये गये 'योग' ने मुझे शारीरिक व मानसिक रूप में इसके लिए प्रशिक्षित किया.

मेरी पुत्री अनुराधा जो कि आपकी छात्रा है, सांस की बीमारी से परेशान थी. अब आपके संरक्षण में उसे भी अपने कष्टों से छुटकारा मिल गया.

'योग' की कक्षाओं में आपके द्वारा मुझे जो लाभ पहुंचा है उसके लिए मैं सदा आपकी आभारी रहूंगी और परमात्मा से यही प्रार्थना करती हूँ कि आपका संस्थान और भी प्रगति करे और अधिक से अधिक स्त्रियों को, जो शारीरिक एवं मानसिक रूप से अस्वस्थ हैं, प्रशिक्षण देने के लिए निरन्तर कार्य करें. मैं और मेरी पुत्री आपकी दया और प्रभावात्मक निर्देशन के लिए आपको धन्यवाद देते हैं.

आपकी स्नेही

एम.वी. गोदावरी

18. पीठ के दर्द और आवाज़ में सुधार

स्नेही गुरुदेव,

आपके कुशल निर्देशन में 'योग' का कार्यक्रम पूरा करने के बाद मैं अत्यन्त हर्षपूर्वक यह पत्र लिख रही हूँ. मैं इस बात की पुष्टि करना चाहती हूँ कि इस कार्यक्रम ने मेरे पूरे स्वास्थ्य में सुधार लाने में कितनी सहायता की और विशेषतया निम्न रूप में–

(अ) असह्य पीठ का मेरा दर्द लगभग ठीक हो गया है.

(ब) मेरी आवाज़ में गाते समय पर्याप्त सुधार हो गया है.

सादर,

आपकी स्नेही
(श्रीमती) कान्ता चन्द्रा

19. त्वचा में अत्याधिक रजंकता और क्रोध

प्रिय गुरु जी,

पिछले तीन वर्षों से मुझे त्वचा में अतिरजंकता (पिगमेंटेशन) की समस्या थी. यद्यपि मैं दवा लेती रही थी परन्तु मुझे किसी प्रकार का लाभ नहीं हुआ. परन्तु जैसे ही आपके निर्देशन में योग सीखना शुरू किया, मेरी त्वचा दिन–प्रतिदिन निखरती गई और नरम हो गई.

मैं अब पहिले की अपेक्षा सुन्दर हो गई हूँ और स्वयं को हल्का अनुभव करती हूँ. मुझे लगता है कि मैं सुस्वस्थ हो गई हूँ. अब बिना खिझाहट के मैं अपना कार्य करती हूँ. पहिले की तरह अब क्रोधित नहीं होती हूँ.

आपकी आज्ञाकारिणी
शीला एम.एस.

20. टांगों में जलन और नींद न आना

आदरणीया गुरु जी,

पिछले दो वर्षों से मुझे अपनी दायीं टांग की जंघा व घुटने से लेकर पूरे पैर तक असह्य दर्द होता था. उसमें खूब सूजन भी थी. मैं आराम से झुक भी नहीं पाती थी. यह असह्य दर्द

अनियमित रूप से रूक–रूककर होता था. परिणामस्वरूप मुझे रात जाग कर बितानी पड़ती थी. मेरी भूख समाप्त हो गई थी. मेरा स्वभाव चिड़चिड़ा होता जा रहा था. मेरा मासिक धर्म भी अनियमित हो गया. पूरा स्वास्थ्य ही हिल गया और नष्ट हो गया था और अक्सर हर शाम को मुझे बुखार रहने लगा गया था.

मैं बहुत से डाक्टरों से मिली और उनके द्वारा बताई गई कई दवाएं भी ली, परन्तु कुछ भी लाभ नहीं पहुंचा. यहाँ तक कि अस्थि विशेषज्ञ इस निष्कर्ष पर पहुंचे कि मेरी टांग की शल्य चिकित्सा की जाये.

उन दिनों, मेरी एक मित्र ने आपके संस्थान में, आपकी देखरेख में मुझे योगाभ्यास का परामर्श दिया. पिछले तीन महीनों में मैं आपकी देखरेख में नियमित रूप से आसनों का अभ्यास कर रही हूँ. मुझे आपको यह बताते हुए प्रसन्नता होती है कि बहुत थोड़े समय में, मैंने अपने स्वास्थ्य में आश्चर्यजनक सुधार पाया. मेरे सभी कष्ट लगभग समाप्त हो गये हैं. असह्य पीड़ा और जलन की अनुभूति लगभग समाप्त हो गई है. मैं अब गहरी नींद सोती हूँ, प्रसन्नचित्त रहती हूँ. अब मैं कोई भी दवा नहीं लेती हूँ और जैसा कि आपने बताया, वैसे ही नियमित रूप से 'योगाभ्यास' करती हूँ.

आपकी आज्ञाकारिणी

पद्मा नारायणस्वामी

21. टांग में दीर्घकालीन दर्द और वज़न घटना

प्रिय गुरु जी,

जबसे मैंने 'योगाभ्यास' शुरू किया, मेरी बायीं जंघा में दीर्घकाल से चले आ रहे दर्द से मुझे छुटकारा मिल गया है. मासिक धर्म से पूर्व और होते समय होने वाले दर्द से भी मुक्ति मिल गई है. मेरा वज़न तीन पाऊंड कम हो गया है और मेरे पूरे शारीरिक और मानसिक स्वास्थ्य में सुधार हुआ है.

आपकी शुभाकांक्षी

नलिनी बी. भट्ट

22. हाथ सुन्न होना व उदर वायु का कष्ट

प्रिय गुरु जी,

मेरे हाथ सुन्न पड़ जाते थे, अब मैं पूर्णतया ठीक हो गई हूँ. मुझे पेट के उदर वायु (गैस) की भी शिकायत थी जो कि पूरी तरह ठीक हो चुकी है. 'प्राणायाम' के कारण मैं अब ताजा व प्रसन्न अनुभव करती हूँ. मुझे अब मानसिक शान्ति भी मिल गई है.

आपकी कृपाकांक्षी

विशालाक्षी नटराजन

23. साईनाइटस, मासिक धर्म अनियमितता और दृष्टि में सुधार

माननीया,

मेरा साईनाइटस का रोग एकदम समाप्त हो गया है जिसके कारण मुझे बार–बार तकलीफ भोगनी पड़ती थी. मासिक धर्म

का चक्र भी जो कि 40 दिनों का था अब 35 दिनों का रह गया है. मेरी दृष्टि में भी सुधार हो गया है. मैं अब पहिले की अपेक्षा अधिक चुस्त और सक्रिय हो गई हूँ. श्रीमती रमन द्वारा बताए गए आहार एवं आसनों ने मेरा वज़न भी कम कर दिया है. मैं श्रीमती रमन का आभार प्रकट करती हूँ जिनके कारण मेरे स्वास्थ्य में सुधार हुआ और स्वभाव का चिड़चिड़ापन समाप्त हुआ.

सुकन्या रत्नम

24. ब्रोंकाइटिस एवं नितम्ब व शरीर का दर्द

परम आदरणीया,

पिछले तीन वर्षों से मैं ब्रोंकाइटिस से पीड़ित थी. मैं यही सोंचती थी कि मेरा रोग कभी ठीक नहीं हो सकता है और मुझे आजीवन दवाओं पर ही निर्भर रहना होगा. शीत ऋतु में मुझे बहुत कष्ट होता, मैं सोने के लिए तरस जाती. अब मैं गहरी नींद सोती हूँ. अभी भी यदाकदा मुझे इसकी शिकायत होती है परन्तु पहिले जैसी तीव्र नहीं. नितम्बों व शरीर का दर्द भी पहिले की भांति नहीं रहा. दूसरों की प्रसन्नता के लिए आप स्वयं कितना कष्ट उठाती हैं.

आपकी आज्ञाकारिणी

तिलकवती, सी.जी.

25. पेट का दर्द, चक्कर आना और चिड़चिड़ापन

सम्मानीय गुरु जी,

मुझे अक्सर पेट में असह्य दर्द, चक्कर आते थे और शीघ्र ही मैं खीझ उठती थी. आपने बहुत धैर्यपूर्वक मेरे कष्टों को सुना और मुझे छात्रा के रूप में स्वीकार किया. आपने मुझे 'योग' का ज्ञान दिया और मुझे कष्टों से मुक्ति दिला दी.

आपकी स्नेहाकांक्षी

नर्मदा सिन्हा

26. बड़ी आंत के ज़ख़्म

आदरणीया गुरु जी,

मेरी बड़ी आंत में ज़ख़्म थे और मैं नियमित रूप से 'जेलुसिल' की गोली लेती थी. 'योगाभ्यास' प्रारम्भ करने के तुरन्त बाद मैंने दवा बन्द कर दी. मैं कष्ट से मुक्त हो गई हूँ. पहिले मैं मानसिक रूप से बहुत जल्दी खीझ जाती थी, अब मैं पहिले से अधिक अच्छा अनुभव करती हूँ.

आपकी

एन. कान्तामणी

27. गठिया

प्रिय गुरु जी,

गठिया के कारण मैं घुटनों के दर्द से परेशान थी. फर्श पर भी अधिक समय तक बैठ नहीं सकती थी. हालांकि अनियमित

रूप से 'योगाभ्यास' करती थी तब भी मुझे दो लाभ हो गए : अब मैं बिना किसी कठिनाई के फर्श पर बैठ सकती हूँ और जोड़ों का दर्द भी कम हो गया है. मुझे आशा है कि यदि मैं आपके निर्देशों के अनुसार नियमित अभ्यास करूंगी तो पूरी तरह स्वस्थ जाऊंगी. आपके परामर्श के अनुसार मैं आहार का भी पूरा ध्यान रखूंगी.

आपकी कृतज्ञ छात्रा
डा. रत्ना एन. श्रीयन

28. माइग्रेन व फेफड़ों में जकड़न

प्रिय गुरु जी,

मैं माइग्रेन की असह्य पीड़ा से ग्रस्त थी, अब मुझे उससे छुटकारा मिल गया है. मेरे फेफड़ों में भी जकड़न थी जो अब नहीं रही. मेरा वजन 8 पाऊंड घट गया है. पहिले मेरा वज़न 114 पाऊंड था अब 106 पाऊंड रह गया है.

आपकी हितैषी
प्रेमा कृष्णन

30. कद व वज़न में उन्नति

स्नेही गुरु जी,

मैंने 16 मई 1974 से योगाभ्यास प्रारम्भ किया और 6 जुलाई 1974 तक मुझे उत्तरोत्तर लाभ हुआ. पहिले मेरा वज़न 34.5 किलो था अब घटकर 38 किलोग्राम रह गया है. पिछले 10 वर्षों में मैंने शहर में उपलब्ध सभी प्रकार के टॉनिक और दवाएं ली परन्तु लाभ नहीं हुआ था. आपसे मुझे बहुत लाभ पहुंचा. पिछले

50 दिनों के भीतर ही आपने मेरी वह सहायता की जो कि कोई भी डाक्टर अभी तक नहीं कर सकेगा.

आपकी शुभाकांक्षी

मल्लिका सुब्रह्मनयम

30. दमा और एलर्जी

सम्मानीय गुरु जी,

मैं अत्यन्त हर्ष के साथ आपके प्रति अपना आभार प्रकट करती हूँ कि आपने कुछ विशेष योग क्रियाएं सिखाई जिनसे आश्चर्यजनक परिणाम मिले. मेरा एलर्जी वाला दमा जिससे मैं पिछले 6 महीनों से कष्ट में थी, आपके यहां का कोर्स प्रारम्भ करने से पूर्व दूध, दही या कुछ सब्ज़ियों व फलों के प्रयोग से मुझे दमा हो जाता था. योगाभ्यास के दो महीनों के भीतर ही मैं स्वस्थ हूँ और सभी कुछ आनन्दपूर्वक खा–पी सकती हूँ. अब मुझे किसी भी प्रकार की एंलर्जी नहीं.

आपकी आभारी

लक्ष्मी देवीदास

श्री सूर्यप्रकाश इंस्टीच्यूट ऑफ योग फॉर विमेन

ओ पुत्र ! ओ पार्थ ! वास्तव में शुभ कर्म करने वाले के लिए, ना तो यहाँ, ना ही भविष्य में दुःख और क्षय है. – श्रीमदभगवद्गीता

अपने हितैषी मित्रों के सुझाव पर, स्त्रियों को योग की सरल विधियाँ सिखाने के लिए जिससे उन्हें शारीरिक व मानसिक लाभ पहुंच सके, यह संस्थान खोला गया

योग का अर्थ क्या है ?

ऐसी धारणा है कि योग रहस्यपूर्ण है, इसलिए सामान्य व्यक्ति के लिए सम्भव नहीं है. यह सही नहीं है. सामान्य अर्थ में योग की परिभाषा इस रूप में की जा सकती है – मनुष्य जीवन के विभिन्न पक्षों में – शारीरिक, मानसिक, संवेदनात्मक व आध्यात्मिक – जिन्हें वह एक साथ जीता है, योग उसकी शारीरिक कार्यप्रणाली और विचार तंत्रधारा के बीच का सही संतुलन बनाने की प्रक्रिया है.

योग क्या कर सकता है ?

'योग' अपने आध्यात्मिक पक्ष, उद्देश्यों के अतिरिक्त, मनुष्य को शारीरिक क्षय, मानसिक थकावट व संवेदनात्मक असंतुलन से बचाता है. यह स्त्री या पुरुष दोनों को प्रसन्नता

प्राप्त करने की विधि बताता है और जीवन के सुखद और उपभोग के योग्य बनाता है.

योग कौन सीख सकता है ?

किसी वंश, व्यवसाय, जाति, धर्म, राष्ट्रीयता अथवा लिंग के भेदभाव के बिना कोई भी व्यक्ति एक दक्ष शिक्षक के निर्देशन में योग सीख सकता है.

किसी भी आयु की स्त्री – युवा, अधेड़, वृद्ध, माताएं, गृहणियाँ, कामकाजी महिलाएं, कलाकार, संगीतज्ञ आदि के लिए योग एक वरदान है ताकि अपने शारीरिक कष्टों, मानसिक व संवेदनात्मक अशान्ति में अपने स्वस्थ सक्रिय शरीर की रक्षा व संरक्षण कर सके.

युवा स्त्रियां इससे सुन्दर आकार प्राप्त कर सकती हैं व बनाए रख सकती हैं व मांसलता से बच सकती हैं.

जो पेट के विकारों, गर्भाशय की पीड़ा, माइग्रेन, पीठ दर्द, तनाव, स्नायविक, घबराहट, थकावट, शरीर का क्षय होना, शारीरिक दर्द आदि से पीड़ित है इससे लाभान्वित हो सकती हैं.

योग का कोर्स

प्राचीन ग्रन्थों और अपने अनुभव के आधार पर, महिलाओं के लाभ के लिए श्रीमती राजेश्वरी रमन ने योग साधना के लिए एक पाठ्यक्रम तैयार किया है – आसन, प्राणायाम, ध्यान आदि.

इस कोर्स की अवधि 3 माह की है, जो इसमें रुचि रखती हैं वे श्रीमती राजेश्वरी रमन से टेलीफोन द्वारा किसी भी दिन 12 बजे से दोपहर 1 बजे के बीच बात कर सकती हैं. टेलीफोन (+91–80–26691043) या फिर लिखकर साक्षात्कार का समय ले सकती है. श्री राजेश्वरी 115/1 न्यू एक्सटेंशन, शेषाद्रिपुरम्, बंगलौर – 560 020.

पद्मासन

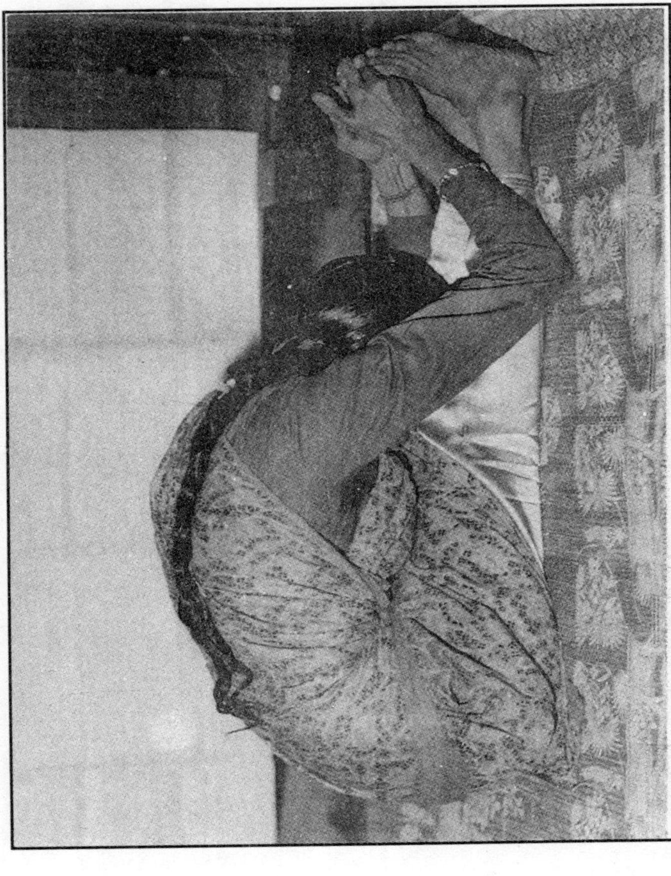

पश्चिमोत्तासन आसन

योग मुद्रा

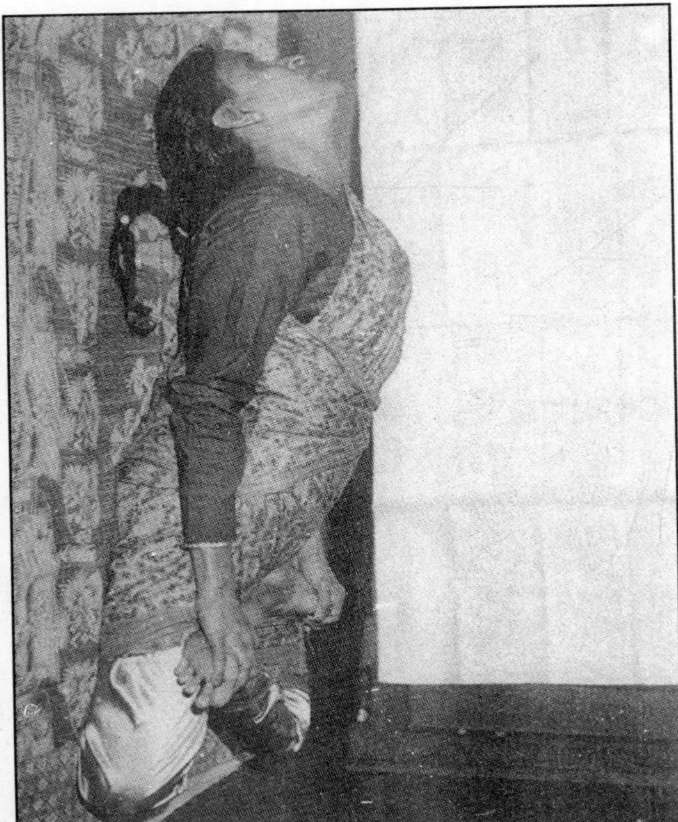

मत्स्यासन

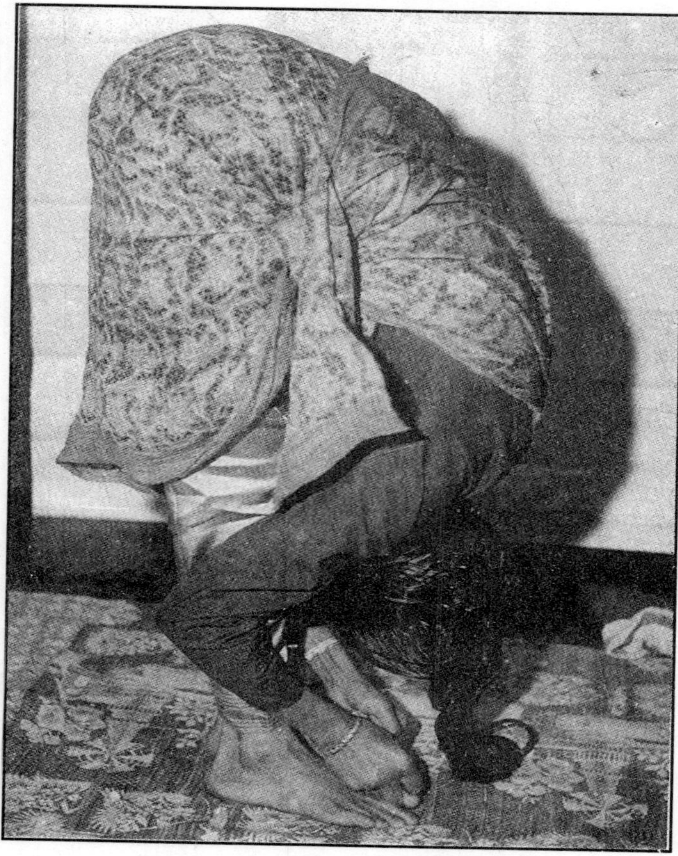

पाद्हस्तासन

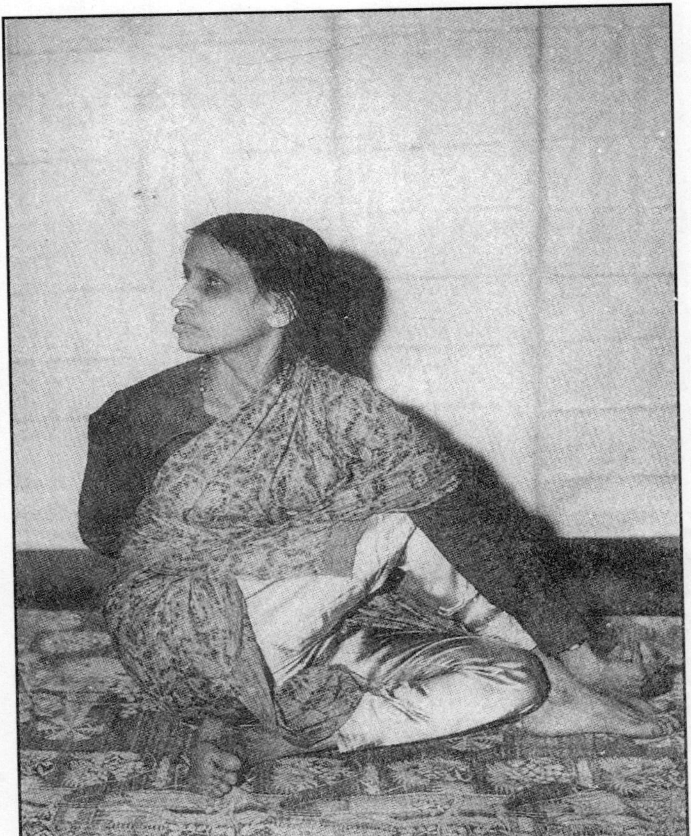

अर्द्ध–मत्स्येन्द्रासन (मुख दृश्य)

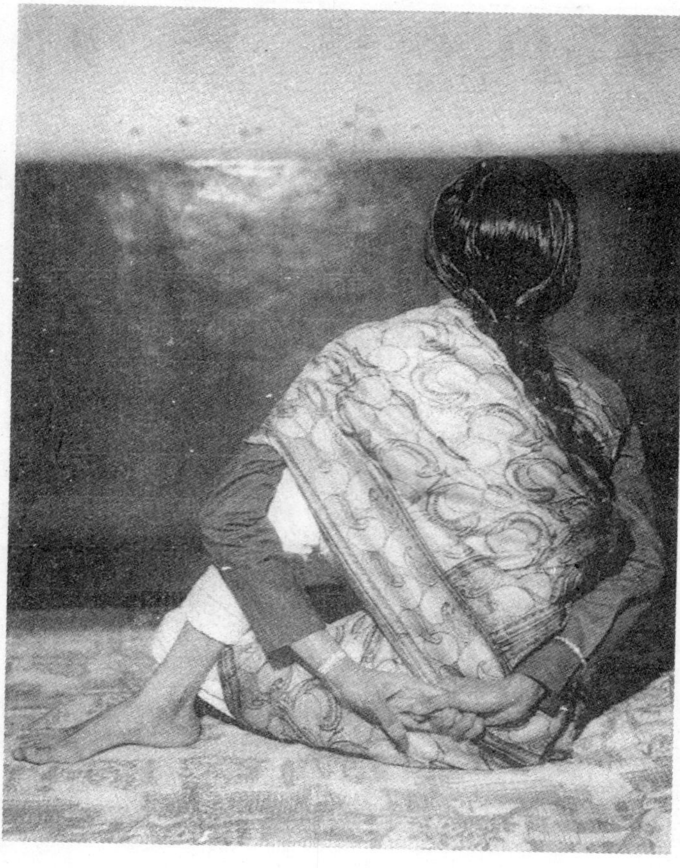

अर्द्ध–मत्स्येन्द्रासन (पीठ का दृश्य)